사랑하면
사랑한다고
말해야지 。

사랑하면 사랑한다고 말해야지

김겨울

박종현

이묵돌

제리

핫펠트

웅진 지식하우스

프롤로그

서로에게 마음을 전하는
다정한 노력을 기억하며 —

『내가 너의 첫문장이었을 때』에 이어 『사랑하면 사랑
한다고 말해야지』로 다시 독자를 찾아온 연작 에세이집 〈책장
위고양이〉 시리즈는 에세이 샛별 배송 프로젝트에서 시작되
었습니다. 아침 일찍 받아보는 우유와 샐러드만으로는 채워지
지 않는 것들을 채워보자는 마음으로 작가들의 글 한 편씩을
매일 아침 일찍 배송하고 있습니다. 좋은 에세이 한 편과 함께
시작하는 하루는 분명 어제와 다를 것이라 믿습니다.

두 번째 시즌인 『사랑하면 사랑한다고 말해야지』는 김
겨울, 박종현, 이묵돌, 제리, 핫펠트 작가와 함께했습니다. 이들

은 매주 주어진 주제에 '언젠가'라는 부사를 더해 언젠가 자신의 삶에 깊게 새겨졌던 어떤 기억들과 언젠가 도래하리라 믿는 훗날의 어느 시간에 대해 각자의 손길을 더해나갔습니다. 여전히 '언젠가'라는 단어에는 이야기를 이끌어내는 힘이 있었습니다. 작가들은 그 힘에 이끌려 저마다의 과거와 현재와 미래를 유영하면서 새로운 이야기를 만들어나갔습니다.

고백하자면, 첫 번째 시즌의 작가들은 대개 서로 알고 지내는 사이였습니다. 만난 자리에서도 형, 누나, 또 만났네요, 라거나 민섭이가, 지우가 하자고 해서 했어, 하는 말들을 주고받았습니다. 그러나 이번 두 번째 시즌의 작가들은 서로가 서로에 대해 아는 게 별로 없었습니다. 그래서 자신의 책이나 앨범, 회사의 굿즈를 선물한다든가 만나기 전에 그가 어떠한 글을 썼는지 읽어본다든가 하는 다정한 노력을 해야 했습니다.

작가들이 서로 참 다르게 살아왔다는 것은 첫 만남에서부터 알게 됐습니다. 작가 H가 '삼각김밥'이라는 주제가 너무 어렵다고 하자 작가 K가 자신도 언제 먹어봤는지 잘 기억이 나지 않는다고 했고, 작가 M은 자신이 제안한 것임을 고백하며 주제를 바꿀지 물었던 것입니다. 삼각김밥은 누군가에게는 너무 어렵고, 누군가에게는 언제 먹었는지 잘 기억이 나지 않았고, 누군가에게는 자주 먹는 것이었습니다.

이렇게나 서로 다른 그들을 하나의 언어로 묶는 일은 불가능해 보였습니다. 하지만 연재가 이어지는 동안 다섯 작가가 보여준 다채로운 글들은 차분히도 그들의 다정함을 켜켜이 쌓아 올려갔습니다. 잘 몰랐던 시절의 서로를 위해 다정한 노력을 하던 첫 만남의 모습처럼 말입니다.

그런 의미에서 『사랑하면 사랑한다고 말해야지』라는 제목은 무척 잘 정해진 것 같습니다. 제리 작가의 글에서 따온 것이지만, 다섯 명의 작가 모두는 사랑하면 사랑한다고 말할 것 같은 사람, 혹은 그래야 한다고 믿는 사람이라는 공통점이 있었습니다. 사실 타인에게 사랑을 고백하는 일은 어렵습니다. 저도 사랑하는 사람에게 사랑한다고 말해본 기억이 별로 없습니다. 그런데 자기 자신에게 사랑을 고백하는 일은 더욱 어렵습니다. 가장 사랑해야 할 존재이지만 우리는 그것을 쉽게 망각하고 스스로에게 함부로 대하곤 합니다.

이 책의 작가들은 타인뿐 아니라 자신에게 사랑한다는 말을 끊임없이 건넵니다. 우리는 자신의 글과 삶을 사랑하는 작가들을 발견할 수 있습니다. 저도 이들의 글을 읽는 동안 조금 저를 소중하게 대하게 된 것 같습니다. 그리고 사랑한다고 말하고 쓰는 방법 역시 조금 더 배우게 되었습니다. 사랑을 고백하는 그러한 설렘으로 책을 읽어주시면 가장 좋겠습니다. 서로를 알아가려는 다정한 노력을 멈추지 않았던 다섯 작가들의 마음이, 사랑하면 사랑한다고 말할 수 있는 마음으로 독자들에게 다가갈 수 있기를 바랍니다.

2020년 10월
북크루 대표 김민섭

차 례

◄■ 언젠가, 후시딘

☃ 언젠가, 눈

🎮 언젠가, 게임

김겨울

먼지, 집먼지진드기, 그리고 고양이

작년 한 해 나에게 가장 충격적이었던 내 소식은 맹장이 터졌다는 것도, 공중파 라디오 디제이 제안을 받았다는 것도 아니었다. 작년에 내가 접한 가장 충격적인 나의 소식은 나에게 높은 수준의 고양이 알레르기가 있다는 것이었다. 세상이 이렇게 부당하다. 분리수거도 잘하고 세금도 꼬박꼬박 내고 텀블러도 챙겨 다니는데 이런 청천벽력 같은 소식이라니. 나는 고양이를 키우거나 핸드폰 배경화면이 고양이라거나 고양이 유튜버의 굿즈를 산다거나 하는 사람은 아니지만, 길 가다 반경 10미터 내의 고양이를 일행 중 가장 먼저 발견하는 능력이 있고, 고양이만 봤다 하면 발걸음을 멈추며, 80분 가까이 고양이만 나오는 영화 〈고양이 케디〉도 영화관에서 본 사람이다. 그리고 고양이 알레르기 땅땅땅.

몇 페이지에 걸쳐 정리된 그 많은 알레르기 목록 중 딱 세 개가 있다고 나왔는데 그게 먼지, 집먼지진드기, 그리고 고양이였다. 정말 이상한 목록이었다. 앞의 두 개는 작고, 눈에 잘 안 보이고, 흐스스스 하는 느낌으로 돌아다닌다면 고양이는 거대한 실체였다. 아니 고양이가 먼지도 아닌데 — 아 조금은 맞나? — 먼지 친구들과 함께 묶이다니 참으로 슬픈 목록이 아닐 수 없었다. 머릿속 한편으로 고양이를 키우는 친구 집에만 놀러 가면 콧물을 줄줄 흘리던 나의 모습이 스쳐 지나갔다.

나는 먼지와 집먼지진드기는 퇴출하고 고양이는 마음으로라도 가까이 둘 수 있는 방안을 고민하기 시작했다. 이건 뭐랄까, 근육을 더하면서 체지방을 빼야 하는 그런 고난이도 미션을 마주한 다이어터의 상황과도 같았달까. 일단 집먼지진드기를 죽여준다고 하는 스프레이를 검색했다. 계피, 계피를 싫어하는군. 이불 빨래를 자주 하고… 무슨 패치 같은 게 있네? 침대에 붙이라고… 그건 좀 귀찮으니까 넘어가자. 세탁소에 이불 맡겨야겠다. 먼지는 진공청소기가 있어야 할 것 같은데 요새는 역시 무선청소기인가? 근데 무선청소기 비싸고 충전도 해야 되고 놓을 자리도 없고… 유선청소기는 너무 번거로운데. 그냥 밀대랑 미니 청소기로 버텨보자. 괜찮을까? 모르겠다. 대충 하자. 퇴출은 적당히 타협했다. 그래, 니네도 먹고 살아야지.

고양이는 어떻게 할 것인가? 어차피 고양이를 키우고 있지 않았으니 하던 대로만 하면 됐다. 유튜브 채널 몇 개 보고, 간식을 들고 다니고… 앗 잠깐. 그럼 그동안 길냥이에게 밥을 주거나 쓰다듬을 때도 알레르기 반응이 있었단 말인가. 어쩐지 간지럽고 콧물 나더라. 난 그게 그냥 나는 콧물인 줄 알았다. 그냥 나는 콧물이 뭐냐면, 온도가 바뀔 때 나는 재채기 같은 거 말이다. 예를 들어서 실내에 있다가 실외에 나가서 햇빛 받으면 갑자기 따뜻해져서 재채기 나는 그거. 그거 모른다고? 그런 게 어딨냐고? 왠지 더 슬퍼지네.

사실상 삶의 큰 변화가 없었음에도 고양이 알레르기가 있다는 것을 알게 된 후로 왠지 삶의 중요한 뭔가를 잃은 듯한 기분이 들었다. 그래봤자 내가 잃은 건 고양이를 키우는 친구네 집에 자신 있게 놀러 가서 고양이 쓰다듬기, 길에서 마주치는 고양이에게 가까이 다가가서 말 걸기 정도였다. 하지만 어딘가 구멍이 뻥 뚫린 기분이 들었다. 뭐지 이게? 왜 이런 기분이 들지? 조금 고민하다가 어렵지 않게 알아차렸다. 아. 고양이를 키우며 사는 삶. 통째로 날아간 건 이 가능성이었다. 언젠가는 나 말고 고양이도 자신의 영역을 주장할 수 있는 크기의 집에서 고양이와 함께 살고 싶다는 전망. 친구네 집이야 알레르기 약 먹고 가면 되고, 길냥이야 잠깐 마주치는 것이지만, 이제 동거를 위해서는 많은 것을 감수해야 할 터였다.

주변에 알레르기 약을 먹으며 고양이를 키우는 집사들이 있다. 그들은 어떻게 그렇게 될 수 있었을까? 어떻게 자신의 건강보다 작은 친구들에게 삶의 중심을 옮길 생각을 했을까? 그 결단은 어디서 시작되었을까? 혹은 고양이가 먼저 찾아오고 정신을 차려보니 그렇게 되었던 걸까?

어느 날 오후, 동네 헬스장을 향해 씩씩하게 걸어가
다가 꼬리를 바짝 세운 채 한 사람 곁에서 걷고 있는 카오
스 무늬의 고양이를 발견했다. 꼬리와 걸음걸이로 보아하
니 곁에서 걷는 사람에게 너무너무 신이 난 고양이인 것 같
았다. 사람을 너무너무 좋아하는 이 고양이는 내가 1미터쯤
앞에서 쪼그려 앉자마자 꼬리를 바짝 세워 나에게 다가와
서는 이마로 내 무릎을 콩 박았다. 몸을 무릎에 비비며 내
주변을 돌길래 손바닥으로 고양이의 엉덩이 쪽을 찹찹찹,
쳐주었다. 그러는 동안 고양이는 내 무릎을 핥았다. 나는 헤
실헤실 웃었다. 할 수만 있다면 영원히 그러고 있고 싶은
기분이었다. 어쩔 수 없이 떠나면서는 운명의 연인을 두고
길 떠나는 사람처럼 몇 번이고 뒤돌아보았다. 그러고는 좋
아죽겠는 사람이랑 막 연애를 시작한 것처럼 헤실헤실 웃
으며 걸었지. 그날은 하루 종일 그랬다. 고양이가 핥은 무릎
이 빨갛게 부풀어 오르고 간지러워지는 동안 나는 계속 웃
었다.

무릎을 긁으며 아까 그 고양이를 생각한다. 지금도
그 고양이를 한 번만 더 마주치고 싶어 견딜 수가 없다. 다

들 이렇게 알레르기 약을 쌓아놓았겠지. 그건 설명으로 이해되는 일은 아닌 것 같다.

19

박종현

언젠가 고양이 부루마불

고양이, 안녕?

너에게 안녕, 하고 첫인사를 했다는 것. 그것은 〈언젠가 고양이 부루마불〉에서 드디어 '언젠가' 칸에 선 스스로를 발견했다는 것. 황금열쇠 아래 웅크려 숨어 있던 네가 기다렸다는 듯 부스럭, 소리를 내며 나타났다는 것.

'언젠가'에 다다랐다는 것, 그것은 마침내 내가 고양이를 키울 수 있는 사람이 되었다는 것.

고양이를 키울 수 있는 사람이 되었다는 것은,

*

두 번의 일월을 자주 생각해. 한 달 동안 내내 누워 사라지는 일을 생각하던 어느 일월과, 심장이 마구 뛰다 숨이 막혀오는 일을 반복하여 겪고 살던 또 다른 일월. 이상하게도 그런 시절에 새로운 노래 가사가 많이 떠올랐던 것 같아. 노래를 안 썼다면 그 일월들을 어디에 기록했을까, 아니 노래에 기록하지 못했다면 나는 그 일월들을 넘겨낼 수 있었을까, 하고 묻게 되는 그런 일월들을 종종 생각하게 돼.

두 번째 일월, 그러니까 작년 일월을 어찌어찌 넘기니 봄이 왔어. 두 번의 일월과 그사이를 앓으며 세상은 내게 새로워졌어. 새 관점 속에서 나를 다시 만들려고 다짐하던 때쯤, 근데 어떻게 만들어야 하는지 알 수 없어 막막하던 그때쯤, 마침 새 원룸을 찾아다녀야 하는 시간이 왔어. 동네 하나를 빙글빙글 돌았지. 나와 노트북과 기타와 49건반 마스터 키보드 정도는 다 함께 누울 수 있는, 빛이라는 게 들어오는 지상의 방이었으면 했어. 당장 가진 돈으로는 쉽지 않았고, 그래서 여기저기 오르락내리락 빙글빙글 돌아야만 했어. 황금열쇠도 없고, 한 바퀴 돌 때마다 월급이 나오는 것도 아닌 부루마불 같은 동네 위를 돌고 돌아 걸었어.

　다행히 노트북과 기타와 키보드와 해금과 칠현금이 어떻게든 눕기도 서기도 하며 함께 있을 수 있는 크기의 방을 구했어. 이사 일주일 전, 방 크기를 다시 확인해서 얼마나 짐을 버릴지 정할 겸, 편백나무 액도 뿌려놓을 겸 새 방에 갔어. 처음 볼 때보다 작았어. 여기저기 스프레이를 칙칙 뿌리고는 가만히 앉아서 생각했어. 땀을 식히고 나와서 돌아가는 길에도 생각했어. 두 겨울이 지나 월세 계약이 끝나고 나면 더 넓은 방에 갈 수 있을까? 그렇겠지? 아닐까? 버는 것보다 오르는 게 더 빠르겠지? 전세대출은 점점 힘들어진다던데 말이지.

　그런 생각을 하던 사이, 고양이.

　네가 떠올랐어. 나는 어떻게든 2년 뒤에 고양이를 키울 수 있는 사람이 되겠어. 이건 다짐이야. 위대한 사람이 되겠다는 뜻이야. 앓은 뒤 어쩌면 처음으로 꾸는 꿈이야.

　이리도 원대하다니. 원대한 희망을 가질 정도로 내가 여전히 살아 있다니.

*

고양이랑 살아본 적은 없어. 고양이랑 살고 싶다는 친구들에게, 나 되게 조용히 하루 종일 웅크리고 있을 수 있으며 변도 알아서 잘 가리니 고양이로 입양하라고 말한 적이 몇 번 있긴 해. 고양이랑 살지 않았던 이유는, 그럴 수 있는 사람이 아니기 때문이었어. 기숙사든 자취방이든, 나 하나 눕기도 쉽지 않은 공간들이었으니까. 줄 수 있는 벽 하나 없었으니까. 화장실 하나, 스크래처 하나 놓을 곳 없었으니까.

크기의 문제가 물리적 공간만의 문제는 아니었어. 결혼 언제 하냐고 어른들이 타박하면 "나 하나 키우기도 힘들어요"라고 답변하곤 했어. 오랫동안 나는 자라지 않는 사람이었어. 자라지 않는 것에 대해 힘들어하는 사람이었어. 아니, 정확히 말하면 자라도록 두지를 못했어. 울어야 할 때나 스트레스를 받을 때 가만히 식빵 굽는 자세로 잔다거나 스크래처를 긁고 있도록 두지 못했어. 나는 나에게 줄 수 있는 벽 하나 가지고 있지 않았어. 나는 좁았어.

*

　2년이 지나고 봄이 왔을 땐 너를 키울 수 있는 사람이 되어 있기로 했어. 보기완 다르게 몸은 건강한 편이고 또 월급도 올랐으니까. 음악 일도 또 다른 부업들도 지금보다 잘될 테니까. 네가 돌아다닐 너른 벽과 바닥, 식빵을 구울 수 있는 두터운 창틀이 있는 곳을 지닌 사람이 되겠어. 한편으로 나를 나인 채 두도록 하겠어. 내가 내 안에서 가만히, 조금씩 걷고, 쉬고, 눕고, 울고, 뒹굴고, 웃으며 넓어질 수 있도록. 그렇게 내가 키워지는, 나를 키우는 일을 연습하는 건 곧, '언젠가'에서 너를 키우는 일을 위한 연습이라고 생각할래. 하루하루 돌고 돌다 보면 '언젠가' 칸에 걸릴 날이 오겠지? 황금열쇠 밑에 웅크려 있는 것 맞지? 말할 날이 오겠지? 안녕, 고양이?

∞ 종현 _ "누가 부르지 않아도 다가오는 시간처럼 / 딴짓하는 듯해도 기대온 고양의 봄"
- 빅베이비드라이버, 〈고양의 봄 (순이에게)〉 중에서

이 묵 돌

어쩌다 고양이 아닌 사람으로 태어나버려서

군이 따지자면 인간에게 영혼이 존재한다고 보는 쪽이다.
무슨 논리나 과학적 근거가 있어서, 혹은 종교적인 신념이
있어서가 아니다. 순전히 영혼이 있다고 생각하는 편이 더
재밌기 때문이다. 생각해보면 그렇지 않나? 인간이라는 걸
그저 '70퍼센트의 물과 기타 단백질 화합물 덩어리 및 일개
화학작용들로 구성된 유기체'로 규정짓는 것보다, '눈에 보이
지도 않고 딱히 증명할 수도 없지만 아무튼 우리들 존재를
특별하게 만들어주는 고차원적 개념'이 존재한다는 주장이
훨씬 흥미롭고 설득력도 없다. 정말 멋지다. 설득력 같은 건

즐거운 삶을 사는 데 하등 도움 안 되는 단어 아닌가. 영 설득력 없는 얘기지만.

영혼에 대한 상상이 재미있는 건 딱히 정답이 없어서가 아닐까 싶다. 영혼이라는 말 자체는 누구나 알고 있지만, 정확히 어떻게 생겨먹어서 어떤 방식으로 굴러가는지에 대해서는 각기 다른 생각을 가지고 있는 것이다. 가령 나 같은 경우는 이렇다. 인간을 포함한 동식물 모두에게 영혼이 하나씩 있는데, 그런 유기체로서의 삶이 한 번 끝나는 즉시 저승으로 돌아가 염라대왕(딱히 민간신앙을 믿는 입장은 아니지만, 다른 마땅한 단어가 없다)의 소관이 된다. 그 영혼들은 곧장 태어날 준비가 된 동식물들에게 '발사'돼서 목표가 인간이든 표범이든 예쁜꼬마선충이든 정확히 명중하는 대로 깃들어버리는 것이다.

여기서 문제는 중립적인 상태의 영혼을 발사하는 염라대왕의 정확도 — 소위 말하는 에임Aim — 가 썩 좋지 않다는 점이다. 뭐, 혼자 저승에 짱박혀서 수억 수조에 달하는 영혼들을 수거해 재활용하자니 여간 힘든 일이 아니겠지만⋯. 영혼의 입장에선 그렇게 태어나는 대로 한살이를 하다 돌아와야 하는 판이라 한층 절박할 수밖에 없다. 벼로 태어나야 할 영혼이 보리에 명중하거나, 문어의 영혼이 주꾸미에게 가는 정도는 차라리 양반이다. 완전히 똑같진 않아도 그럭저럭 비슷한 것들이니까 말이다.

가만 보면 우리가 사는 세상에 '육신을 잘못 찾아온 영혼'은 이루 헤아릴 수 없을 정도로 많다. 역사적으로도 그랬다. 잘못 깃들어도 너무 잘못 깃들어버린 영혼들. 이를테면 히틀러나 스탈린 같은 영혼은 병정개미 또는 암컷 사마귀로 태어나는 쪽이 한결 나았을지 모른다. 그랬다면 적어도 그만큼 지구를 쑥대밭으로 만들진 않았을 테니까…. 그러나 인간으로서 경험할 수 있는 가장 큰 영혼의 부조화라고 하면, 결코 고양이의 영혼이 사람으로 태어나버린 케이스를 빼놓고 말할 수 없을 것 같다. 농담이 아니라 정말로 그렇다.

고양이의 영혼이 얼마나 까다롭고 정신 사나운 것인지를 하나하나 나열하자면, 이게 온라인 연재임에도 불구하고 지면이 부족하다고 느껴질 지경이다. 고양이라는 생물은 본디 제멋대로다. 그냥 제멋대로가 아니라 엄청나게 제멋대로다.

늘 사람의 관심을 필요로 하지만, 사람이 귀찮게 구는 것은 싫다. 귀엽고 예쁘게 보이는 걸 즐기지만, 혼자만의 시간은 존중받고 싶다. 또 인간처럼 뭘 만들어내지도 못하는 축생 주제에 입맛은 더럽게 까다로우며, 시도 때도 없이 간식을 먹어대는 건 물론 집 안에 들어온 뒤에도 '굳이' 모래로 된 화장실을 찾는다. 수세식 변기가 훨씬 편하고 위생적이라는 사실은 이미 증명된 지 오래인데도.

더구나 아픈 건 싫지만 치료하는 건 더 싫어한다. 제 소중한 물건은 손도 못 대게 하면서, 할부로 겨우 산 가죽 소파와 캐시미어 코트를 쫙쫙 찢는다. 그뿐인가? 싫을 땐 온갖 욕을 다 퍼부어놓고선, 몇 시간 뒤엔 아무 일도 없었다는 듯이 태연하게 굴기도 한다. 다른 존재들의 기분 따위는 전혀 신경 쓸 여력이 없다는 것처럼. 그런 와중에도 자기는 고양이니까 그런 제멋대로의 삶이 당연하다는 식이다. 고양이로 태어났으니 망정이지 내 주위 사람으로 태어나 똑같은 방식으로 날 괴롭혔다면 나는 얼마 못 가 화병으로 돌아가셨을 테다. 다행인 줄 알아라. 니가 고양이만 아니었어도 확….

솔직히 까놓고 말해서, 나는 성인이 되기 전까지만 해도 고양이파라기보단 개파였다. 매주 고양이와 관련된 방송을 챙겨 보고, 고양이를 소재로 한 칼럼과 수필을 기고하는가 하면 고양이가 그려진 소설책까지 출간한 지금에서야 참 기이한 사실이다. 하기야 얼라들 입장에선 제 살갗에 손도 못 대게 하는 고양이들보단 살갑게 꼬리를 흔들며 먼저 다가오는 강아지 쪽에 더 마음이 갈 수밖에 없었겠지만.

그러나 한때는 그런 마음을 넘어 고양이가 참 얄밉고 고까워 보이기도 했다. 아마도 대학에 들어온 직후, 그러니까 상경한 지 얼마 안 된 스무 살 때였다. 나는 인천 서구에 위치한 어느 궁색한 동네에 세 들어 살았다. 거기서 매일 아침마다 빨간색 광역버스를 타고 서울에 있는 캠퍼스로 향했다가, 해가 다 지고 어두컴컴할 무렵 돌아왔다. 물론 내가 그쪽에 신세 진 시간은 끽해야 세 달밖에 되지 않았다. 그래서 수년이 지난 지금 그 동네에 대해 기억나는 것이라고는, 골목마다 길고양이가 참 많이도 돌아다녔다는 것 정도다.

스무 살의 나는 매일같이 학교에 가느라, 아르바이트

를 하느라, 차로 30분쯤 걸리는 공사 현장에 다녀오느라, 대학
교 인싸들 사이에서 꾸역꾸역 학식을 챙겨 먹느라 정신이 없
었다. 내가 뭘 하고 살고 있는지, 뭐 때문에 살고 있는지 생각
할 겨를도 없었다. 고작해야 자정이 넘은 시간 단칸방에 누워
서, 지쳐 잠들기 직전이 돼서야 약간의 자유를 누릴 수 있었
다. 느닷없는 불면증이 도질 땐 새벽 댓바람부터 동네 근처를
산책했는데, 길고양이들은 딱 그 시간쯤 돼서 배회하기 시작
했다. 거의 모든 인간이 잠에 빠져 있는 시간, 그 시간만큼은
동네에 난 모든 길과 건물 지붕이 자기네들의 왕국이라는 듯
이 마구 돌아다녔다.

　한번은 옷을 껴입고 도로께 편의점을 향해 걷고 있었
다. 벽돌로 쌓아 올린 목욕탕 굴뚝 주위로 고양이 무리가 웅성
거리는 모습이 보였다. 밤만 되면 워낙에 어두운 동네라 잘 보
이지는 않았지만, 윤곽으로만 미뤄 봐도 열두 마리는 족히 될
것 같았다. 고양이들은 제각기 다른 무늬에, 가족도 친척도 아
닌 녀석들끼리 우연히 좋은 자리를 찾다 마주친 것처럼 '애
옹'거리다가, 내가 나타나기 무섭게 뿔뿔이 흩어져 어둠 속으
로 사라졌다. 나는 코웃음을 쳤다. 그렇게 쉽게 겁먹고 도망칠

거였다면 왜 세상까지 나왔느냐고. 부모 품속에 파묻혀서 그저 따뜻하게 살다가, 아무것도 모른 채 있던 곳으로 돌아가면 그만 아니냐고.

왜 굳이 태어나서 이런 밤에, 이런 거리에 나와 먹을 것을 찾아 헤매는 걸까? 사람에게 알랑거리는 것도, 길들여지는 것도 싫으면서. 전봇대 밑동에 쌓인 더러운 쓰레기봉투들, 냄새나는 어물전 뒷골목과 분리수거함을 헤집어서까지 살아야 할 이유가 고양이들에게는 있다는 걸까? 겁쟁이 주제에. 아무것도 할 줄도 모르는 주제에. 이런 생각에 잠겨 있자니 어쩐지 맥이 빠졌다. 나는 편의점 야식을 포기하고 있던 곳으로 되돌아갔다. 나라고 길고양이들보다 나을 게 뭐란 말인가. 적어도 고양이는 귀엽기라도 하지.

꽤 오랜 시간이 지나서 고양이를 좋아하게 됐다. 별다른 계기는 없었다. 그냥 어느 날 정신을 차려보니 고양이를 좋아하고 있었고, 그런 뒤에야 내가 고양이를 미워했던 이유를 알아차릴 수 있었다. 나는 고양이를 싫어했던 게 아니라, 고양이와 꼭 닮은 나의 자존심, 추레한 아집, 처절하고 비겁

31

한 행색의 나 자신이 싫었던 것이다. 보면 볼수록 거울처럼 비쳐오는 고양이의 삶. 고양이의 영혼. 어쩌다 인간으로 잘못 태어나버려서 어쩔 줄 모르고 방황하고 침잠해가는 가엾은 고양이. 바삐 돌아가는 일상의 쳇바퀴 속, 필사적으로 외면하던 생각들을 애써 환기시키는 고양이들이 나는 미웠다. 지금은 아니지만.

결국 고양이는 무슨 이유로 존재하는 것일까. 어쩌다 고양이로 태어나 고양이로 살아가다가 고양이로 죽는 것일까. 당장으로선 알 도리가 없다. 어쩌면 영원히 알 수 없을지도 모른다. 고양이가 고양이로 태어나 살고 죽는 데에 명백한 이유가 있다면, 우리의 삶에도 틀림없이 똑같은 핑계가 존재할 것이다.

다만 한 가지 추측 정도는 해볼 수 있다. 고양이가 고양이로 태어나 우리 주변을 서성이는 것은, 그토록 제멋대로이고 모순투성이인 나 자신까지 사랑할 수 있는… 어쩌다 거대 고양이로 태어난 우리의 삶을 제 나름의 방식대로 달래고 있는 것은 아닐까 하고. 뭐 정말 그게 사실이라고 쳐도 손도 잘 안 닿는 등짝까지 박박 할퀴는 건 자제해줬음 한다. 거긴 연고 바르기도 너무 어렵지 않느냐고. 어휴, 불쌍한 인간들.

제리

그때, 행신동*

빛이 잘 드나드는 방 하나만 있으면 충분했다.

그 시절 우리가 자주 드나들던 행신동은 늘 낮보다 밤
이 길었고, 한 삼사 일 머물고 싶은 그늘도 제법 있었다. 낮에
는 술값을 벌기 위해 여러 편의 글을 고쳤다. 남의 문장에 손
대는 일이 돈이 된다는 사실에 마음이 종종 어려웠지만, 그래

---

* 이 글은 박준 시인의 시집 『당신의 이름을 지어다가 며칠은 먹었다』의 작품 일부를 차용
했으며 시인과의 대화를 재구성했습니다.

도 날마다 밤은 왔다.

낮에는 바깥을 생각하지 않는 편이 좋았다. 지난밤 먹다 남은 치킨이나 족발을 데워 먹고 빛이 잘 드는 자리를 골라 원고 뭉치를 펼쳐놓는 것으로 하루를 시작했다. 다른 사람의 문장을 손질하는 내내 손이 찼지만, 조금 뒤에 올 밤을 생각하면 꼭 그렇지도 않았다. 가난에 대해 떠올리지 않을 수 없던 시절이었다.

그늘이 잘게 부서지는 오후가 되면 유리를 감싼 창틀 모양 따라 빛이 쏟아지곤 했다. 나는 그게 꼭 우리 같아서 "컵이 깨질 것만 같은 오후 같다"고 말했고, 너는 창밖의 풍경을 살피며 일어서서 "바깥은 늘 어렵다"고 말했다. 나는 간신히 닿을 정도의 소리를 내어 "그게 뭐야, 그 말이 더 어렵네"라는 혼잣말을 했다. 그러고 나면 좀처럼 우리의 대화는 이어지지 않았고, 너의 얼굴을 살피는 대신 좀 더 많은 원고들을 살펴보곤 했다.

남의 글을 고치는 일이 마음에 부쳤던 우린 보통의 대

화에서는 잘 쓰지 않는 말들과 시시한 농담을 주고받으며 고통을 나눴다. 함께 일을 하다가 생긴 일종의 노동요 같은 건데, 어떨 땐 그런 말들이 모여 문장이 되고 글이 되기도 했다. 지금 생각해보면 그땐 모든 말이 글이 될 수 있다고 믿었던 게 아닐까 싶다. 그래도 그중 살아남은 몇 개의 말들은 다시 문장으로 태어나 사람들의 눈에 발견되기도 했다. 물론 기억해내지 못해서 사라진 문장들이 더 많았다.

어떤 동네에서는
지명보다 먼저 사람이 생각난다
아는 사람이 모두 떠난 여기도 그렇다

눈을 감아도
기억하면 곤란한 얼굴들이 선하게
선하게 웃었다

아직도 그 시절을 떠올리면 마음 한편이 환해진다. 잠시였지만 제법 많은 빛들과 지냈다는 사실이 오늘의 바깥을 살 때 큰 위로가 된다. 가령, 방바닥에 머물러 있는 빛들을 보다가 말고 "정말로 빛을 가둘 수 있을 거라고 생각했어?"라고 말하는 너의 장난기 가득한 입꼬리와 이별한 지 얼마 지나지 않아 여린 마음이던 내가 "요즘도 시골에선 태양열 지붕을 많이 쓰려나?" 하고 말 돌리며 빛에게 자리를 비켜주던 장면들 말이다.

적게는 다섯 편, 많게는 열 편 정도의 원고를 고치고 나면 밤이 찾아왔다. 딱히 무언가를 하기 위해 밤을 기다린 건 아니었다. 다만, 창문을 활짝 열어 바깥과의 연을 놓지 않는 것만으로도 위안이 됐다. 그해 우리가 잠시 머물던 동네에는 땅에 쫓겨 도망쳐 온 고양이들의 울음소리가 밤보다 깊었다. 지붕이 낮고 골목이 많았던 옆 동네에서 재개발 공사가 시작되자 떠밀려 온 고양이들이였다. 우린 "이 방 하나라도 있는 게 얼마나 다행이냐" 같은 말들을 떠올리다 말고, 얼굴 한번 본 적 없는 고양이에게 미안해져 먹다 남은 통조림의 소금기를 덜어내러 부엌으로 달려가곤 했다.

그때 우린, 낮에 한 일에 대해 밤에 말하지 않았다. 부끄러운 일이라고 생각하지 않았지만, 누구도 먼저 이곳의 낮에 대해 이야기하지 않았다. 대신 우리가 아직 가보지 못한 지명들과 이제는 연이 끝난 사람과 갔던 장소에 대해 이야기했다. 한참을 그렇게 이야기하다 보면 이제는 빛도 다 빠져 한껏 짙어진 방 위로 기억하면 곤란한 얼굴들이 환하게 피었다 졌다. 그즈음엔 창밖의 고양이 소리도 잦아들고 있었다.

그 시절 행신동에는 미안한 얼굴들이 제법 살고 있었다.

*

그 시절 행신동에게는 마음의 빚이 적지 않다. 마음을 함부로 썼던 나에 대한 미안함과 끝내 어디로 갔는지 알 수 없는 고양이에 대한 미안함이 아직 남아 있다. 그나마 다행스러운 것은 다른 사람의 글을 써서 번 돈을 함부로 쓰지 않았다는 점이다. 그중에서도 장사가 어려워 사장님이 직접 배달을 하시던 치킨집의 단골이 된 건 지금도 잘한 일이라고 생각한다. 일부러 빗소리가 들리는 창가에 서서 "오늘은 비가 오니 배달은 됐고, 지금 집에 들어가는 길이니 가지러 갈게요"라고 말하던 너의 그 따뜻함을 오래도록 마음에 품고 있다. 그 시절 빛이 가장 잘 머물던 곳은 눈만 뜨면 보이던 너의 얼굴이었는지도 모른다.

∞ 제리_ 네가 어떤 세상이든 어느 풍경에 홀려 있든 나는 "괜찮아"라고 말해줄 거야.

핫펠트

지켜보고 있다

그녀와의 만남은 2년 전, 그러니까 내가 성산동으로 이사 오고 난 시점으로 거슬러 올라간다.

이사 오고 얼마 지나지 않아 나는 차 위에 수북이 쌓인 흰 털들과 마주했다. 아무래도 딱딱한 다른 차들보단 푹신했나 보다. 컨버터블인 탕탕이(내 차 이름이다)의 지붕은 검은 천인데, 그녀의 곱디고운 흰 털들은 온 지붕에 촘촘히 박혀 세차장 선생님들을 곤욕스럽게 했다. 친구들이 좋은 차에 이게 뭐냐고 놀렸지만, 원체 위생 개념이 좋지 않은지라 대수롭지 않게 여겼다. 그렇게 그녀는 누구의 허락도 받지 않은 채 탕탕이 지붕에 입주했다.

우리의 관계는 쿨했다. 그녀는 거의 매일(이라고 나는 생각한다) 탕탕이 위에서 잠들었지만, 내가 다가가기 전에 사라졌다. 그녀를 가장 가까이서 본 게 거진 4미터 정도일 것이다. 내가 계단을 채 내려오기 전에 늘 재빨리 사라졌고, 그마저도 6개월에 한 번 있을까 말까 한 마주침이었다. 사료나 물을 챙겨줘야 하나 생각하던 차에 주차장 한편에 놓인 밥그릇, 물그릇을 보았다. 그녀가 필요한 건 단지 쉴 곳, 편히 잠들 수 있는 곳이었다. 나 역시 특별히 무언가를 하지 않아도 되는 이 관계(?)가 좋았다. 에어비앤비 같은 느낌이었다. 나는 그녀에게 묵을 곳을 내어주고, 그녀는 내게 흰 털을 남겼다.

나를 처음 만나는 사람들은 내게 고양이를 키우냐고 물었다. 나는 "아니요, 그냥 자고 가는 고양이가 있어요" 하고 대답했다. 미처 창문을 닫지 않은 날이면 그녀는 탕탕이 안으로 들어와 자는 것 같았다. 쭉 열어둘까 고민했지만 곧 잊어버렸다. 그녀는 자유롭고 독립적인 개체였고, 내 도움이 필요치 않았다. 적어도 1년 9개월까지는.

　　석 달 전 즈음, 현관문 앞에서 고양이 울음소리가 들렸다. 아주 가까웠다. 불투명한 현관문 너머로 실루엣이 비쳤다. 2년 가까이 그녀의 울음소리를 들어본 적이 없는 나는 그녀라고 확신할 수 없었다. 직감은 왠지 그랬다. 도움이 필요한 걸까 싶었다. 드디어 우리 집에 와서 살고 싶은 건가 싶기도 했다. 나는 이미 강아지 두 마리를 키우고 있고 성견과 성묘의 합사는 결코 쉽지 않은 일이다. 아, 모르겠고 일단 나가보자 하고 문을 열었는데 그녀는 이미 사라지고 없었다. '그래. 다 행이야' 하고 생각하면서도 왠지 허전했다. 인사라도 한마디 해주고 가지. 나는 아직도 그대의 얼굴조차 모른단 말이다.

　　다시 그녀를 잊은 채 한 달이 흘렀을까, 이번엔 테라스에서 고양이 울음소리가 들렸다. 내려다보았지만 그녀는 역시 보이지 않았다. 바깥으로 이어진 뒷문 너머에 있는 듯했다. 문을 열어 내다보니 또 사라졌다. 그녀는 경계심이 강했고 나를 신뢰하지 않았다. 하긴 그 긴 세월 동안 밥 한 끼 챙겨준 적 없던 나다. 나를 알고 찾아온 건지, 그저 우연히 우리 집 테라스로 오게 된 건지 모르겠지만 어쨌든 그녀가 울었다는 건 뭔가 필요하다는 사인일 테다. 급한 대로 참치 캔을 하나 뜯어 문 뒤편에 놓았다. 한 시간 뒤 다시 문을 열어보니 캔은 깨끗이 비워져 있었다. 또 한참을 오지 않았다.

그리고 5월. 일주일을 부슬부슬 내리던 봄비가 그친 아침. 오후 2시까지는 자야 겨우 눈을 뜨는 내가 번쩍 눈을 떴다. 또다시 테라스에서 고양이 울음소리가 들렸기 때문이다. 부리나케 밖을 쳐다보았다. 작고 검은 물체가 보였다. 새끼 고양이였다. 뭐지, 저 고양이는? 나도 모르는 새 우리 집이 고양이들에게 핫플레이스가 되었나? 당황스러웠다. 손바닥만 한, 작은 생명체다. 움직이지도 않고 테라스 한가운데 웅크리고 앉아서 낼 수 있는 최대한의 목소리로 울고 있었다. 아니 얜 또 어떻게 들어온 거야?

참치 캔을 하나 땄다. 새끼 냥이가 더 크게 울었다. 부서진 계단 틈 사이로 한 마리가 더 나타났다. 그리고 또 한 마리가 나타났다. 이건 또 뭐야. 전부 새끼 냥이였지만 처음 아이보다 나머지 두 마리가 두 배 정도로 컸다. 다 똑같이 생긴 걸 보면 형제다. 그래, 밥 맛있게 먹고 가라. 3층으로 올라와 지켜보는데 계단 틈 사이로 머리가 하나 더 보였다. 번쩍 하고 눈이 빛났다. 엄마 냥이인 것 같았다. 그녀는 목이 꺾일 듯이 고개를 들어 내 눈을 똑바로 쳐다보았다. 뭐야. 무서웠다. 내가 새끼들을 해칠까 봐 그러는 건가.

내가 지켜보고 있어서 나오지 않는 건지, 쟤도 배고플 텐데 싶어 더는 보지 않기로 했다. 먹고 알아서 가겠지. 나는 고양이 알레르기도 있고, 네 마리를 거둘 여력은 되지도 않고. 제발 금방 사라지길 기도하며 두 시간 정도 흘렀을까.

다시 들리는 울음소리. 처음 나타났던 새끼 냥이였다. 다른 냥이들은 전부 사라지고 혼자 남아 있었다. 뭐야, 다 어디 가고 너 혼자 있어? 자세히 보니 떨고 있었다. 콧물도 줄줄 흘렀다. 무엇보다 눈을 제대로 뜨지 못하는 듯했다. 봄비를 제대로 맞고 감기에 걸린 것 같았다. 어떡하지? 어떡해? 일단 추워 보이니까 담요를 덮어주었다. 아까 캔 하나로 넷이 나눠 먹었으니 하나를 새로 따주었다. 물도 가져다주었다. 봄비야, 하고 불러버렸다. 나도 내가 왜 그랬는지 알 수가 없다.

인터넷을 뒤졌다. 인스타그램에 도움을 요청했다. 고양이 집사 16년 차인 발코 언니에게 전화를 했다. 결론은 이대로 두면 죽는다는 거였다. 나는 죽은 생명을 마주한 일이 없다. 결코 우리 집에서 일어나선 안 되는 일이다. 봄비를 안고 비어 있던 창고 방으로 데려왔다. 주인 없던 방에 세입자가 생겼다.

새끼 고양이가 사람 손을 타면 어미가 데려가지 않는다기에 최대한 만지지 않고 두었다. 테라스에 새로 캔을 하나 따고 어미가 다시 나타나길 기다렸다. 네 시간쯤 흘렀을까, 개들이 테라스를 바라보며 미친 듯이 짖어댔다. 그들이 돌아온 것이다. 새끼 냥이 두 마리가 먼저 올라와 배를 채웠다. 어미는 한참 뒤에 올라왔다. 흰 발, 장화를 신은 듯한 흰 발 네 개. 그녀다. 분명히, 그녀다. 그녀는 또다시 내 눈을 뚫어져라 쳐다보았다. 어쩔 줄 몰라 나도 그냥 보았다.

그녀가 고개를 돌리고 먹기 시작했다. 조금 먹는 듯하더니 다시 계단 밑으로 사라졌다. 새끼 냥이를 찾으러 온 건 아닌 듯했다. 그들 중 아무도 울지 않았다. 나머지 새끼 두 마리는 기분이 좋은지 엎치락뒤치락 뛰어다니며 놀았다. 괜히 미웠다. 눈도 잘 못 뜨는 동생이 사라졌는데 너네는 관심도 없냐? 사라져버린 그녀도 미웠다. 찾는 시늉이라도 좀 해주면 안 되냐.

자연의 법칙은 냉정하다. 약하게 태어난 새끼들은 자연히 무리에서 도태되고 낙오된다. 버려지거나 때로는 어미에게 먹히기도 한다고 한다. 잔혹했다. 어떤 어미 고양이들은 믿을 만한 사람에게 약한 새끼를 맡긴다고도 한다. 그녀는 나에게 봄비를 맡긴 걸까, 버린 걸까, 어쩔 도리가 없었던 걸까.

그들은 이틀 동안 새벽에 몰래 찾아와 밥을 먹고 갔다. 그 후론 오지 않았다. 이미 사람 손을 탄 봄비는 사람 손에 자라야 한다. 봄비를 키우겠다는 사람들이 나타났지만, 왠지 보낼 수가 없었다. 순전한 내 이기심일지도 모르겠다. 그녀가 내게 맡긴 것이라면, 나를 그 오랜 시간 지켜보고 새끼를 맡긴 그녀를 배신하는 것 같았다. 그녀가 버린 것이라면, 한 번 버려진 봄비가 두 번 버려지는 상황이 싫었다. 물론 봄비를 끔찍하게 사랑해줄 사람들이었다. 얼마 전부터 봄비와 똑 닮은 새끼 고양이를 키우고 있는 가족, 고양이를 키워본 적은 없지만 처음인 만큼 모든 사랑을 쏟아부을 준비가 되어 있던 친구. 이성적으로 생각했을 때 이미 개 두 마리 케어하는 데도 정신없는 나보다 훨씬 더 잘 키워줄 사람들이었다. 머리로는 아는데 마음이 너무 아파서, 그녀도 밉고 나도 밉고 다 미워서 밤새 울었다.

멘탈 붕괴에 빠져 있는 내게 도움의 손길이 뻗쳐 왔다. 집사들이었다. 고양이 모래, 장난감, 배변 통부터 캣 타워까지. 본인 집의 고양이가 쓰던 물품부터 새것까지, 하나하나 사용법까지 알려주고 격려해주었다. 고양이가 주는 사랑과 만족감, 편안함, 그 행복이 얼마나 특별하고 소중한지 말해주었다. 나는 혼자가 아니었고, 그래서 봄비도 혼자가 아니었다. 그렇게 봄비는 우리 가족이 되었다.

봄비와 니뇨, 아모(우리 집 강아지들이다)가 한데 모여 잠들기 시작하고도 한참이 지나 — 그러니까 10일 전쯤 — 그녀가 찾아왔다. 테라스 공사 때문에 기사님과 얘기를 나누고 있는데 고개를 돌려보니 그녀가 있었다. 그리 멀지 않은 곳에,

2미터쯤 떨어진 곳에 그녀가 있었다. 나를 보고 있었다. 잠시 그윽이 쳐다보다 유유히 사라졌다. 마음이 편안해졌다. 그녀는 우리를 지켜보고 있다.

∞ 햄릿_봄비의 엄마인 그녀에게 한 번쯤 감사 인사를 하고 싶었어요. 나에게 봄비를 보내줘서 진심으로 고마워요. 우리가 못 본 지 벌써 꽤 되었는데, 더운 날씨에도 언제나 건강하길 기도해요.

김 겨 울

모르는 사람들

정치인 H씨가 삼각김밥을 까는 영상이 있다.

　　위 언술은 읽는 사람에 따라 다른 감상을 불러일으켰을 것이다. H씨가 누구인지 고민한 사람도 있을 것이고, 이 문장이 사실을 서술한 것인지 가상을 서술한 것인지 헷갈려 한 사람도 있을 것이고, '까는'이라는 단어의 뜻이 비닐을 까는 것인지 말로 까는 것인지 발로 까는 것인지를 궁금해한 사람도 있을 것이다(정말 있을까?). 그러나 변함없는 사실은 H씨는 삼각김밥을 까는 데에 처참하게 실패했다는 것. 그는 그냥 삼각김밥을 손에 쥐고 한 모서리를 북 뜯어버렸다. 그리고 겉의 김은 북 찢어졌다.

왜 실패했는가? 첫째, H씨 자신의 발언에 따르면 그는 대선을 앞둔 2017년 4월, 영상을 촬영하는 그날에 삼각김밥을 처음 봤고, 둘째로 삼각김밥은 처음 보는 사람이 정석적으로 까기에는 어려운 음식이기 때문이다. 삼각김밥이 젊은 층이 주로 소비하는 품목이라는 점도 작용했을 것이다. 60대인 그에게 국밥 먹는 법을 물어본다면 삼각김밥을 뜯는 법보다는 잘 답변하지 않을까. 하지만 그에게 주어진 건 삼각김밥이었다. 1990년대에 등장했고 넉넉하게 잡아도 2000년대에는 이미 많은 사람들에게 알려진 이 음식이, 어느 편의점에나 들어가도 놓여 있는 이 음식이, 그의 말을 믿는다는 가정하에, 그에게는 태어나서 2017년에 처음 보는 무언가였던 것이다.

삼각김밥뿐일까. 밥버거는 어떨까? 지하철의 임산부 배려석은? 조금 더 나아가서, 성소수자는? 비혼주의자는? H씨는 공개된 자리에서 성소수자를 부정하는 발언을 했다. 우리 곁에 이미 실재하는 일부 시민의 존재를 공개적으로 부정하고 나선 그의 편견 혹은 게으름을 변호하고 싶은 마음은 추호도 없고, 그는 정치인이자 공인으로서 질타를 받아야 한다고 생각하지만, 그런 편견 혹은 게으름은 비단 그에게만 해당되는 이야기는 아닐 것이다. 그러니까 사람은 부단히 노력하지 않으면 너무나 쉽게 자신의 몸에 갇혀버리곤 하는 것이다. 내가 체험할 수 있는 범위, 내가 상상할 수 있는 경계 안에서 뜨끈뜨끈 몸을 풀며.

'갇혀버리면 끝장이야', 늘 생각한다. 하지만 그건 생각일 뿐이고 나도 연구실의 쥐와 친하게 지내는 방법이나 손님의 근육을 풀어주고 나서 아픈 손을 회복하는 방법이나 내 몸의 몇 배가 되는 철근을 지고 옮기는 방법이나 일식집에서 생연어의 재고를 맞추는 방법이나 비 오는 날 대리운전을 잘하는 요령이나 급식을 나눠주며 더위를 참는 방법이나 상사의 눈치를 보며 칼퇴근을 하는 실전적 방법에 대해서는 잘 모른다. 그리고 그게 늘 걱정되고, 답답하고, 또 궁금한 것이 산더미처럼 남아 있어 기쁘다고도 생각한다. 나는 이 끝장이 두렵고 끝장에게 고마워한다. 평생 두려워하며 살 수 있으면 좋겠다고 생각한다.

그래서 인류학자들의 글이 그렇게 좋은 걸까. 최근 화제가 되었던 서울대학교 인류학과 김수현 씨의 석사 논문 〈개인투자자는 왜 실패에도 불구하고 계속 투자를 하는가?〉는 석 달 동안 '매매방'에 출근하며 쓴 논문이라고 한다. 직접 자릿세를 내고 들어가 함께 증권 강연도 듣고 투자도 해보았다고. 누군가는 그런 노력을 피상적이라고 비난할 수도 있겠지만, 나는 여전히 경험해보고 이해해보려는 태도가 하지 않고 판단하려는 태도보다는 낫다고 믿고 있다. 인간을 인간으로서 살펴보고 공감함으로써 그가 인간임을 상기하는 일. 뭉툭한 편견으로 싸잡는 대신 살아 있는 인간으로 보는 일. 인류학자인 김현경 작가가 『사람, 장소, 환대』에서 하는, 혹은 소설가 무라카미 하루키가 『언더그라운드』에서 하는 일.

포장을 쥐고 뜯어버리는 대신 물어보고 싶다. 이건 어떻게 뜯는 거냐고, 이건 주로 어떤 사람들이 먹냐고. 시범을 보고 따라 해보고 싶고, 무슨 맛이 나냐는 질문이나 먹으면 배가 차냐는 질문처럼 물어보는 것보다 직접 해보는 게 빠른 질문의 경우에는 해보고도 싶다. 그래서 한계를 조금이라도 넓혀보고 싶다. 아주 조금이라도 넓힌다면, 그 어려운 일을 해낸다면 30년쯤 후에 성공한 인생이었다고 자평할 것이다. 그거면 된 게 아닐까. 내가 인간으로 태어난 데에 뭐 그리 다른 이유가 있는 것 같지도 않다.

〰️ 겨울_이 글을 쓰기 위해 오랜만에 삼각김밥을 먹으려고 했는데 이왕 분식을 먹을 거면 떡볶이를 먹는 게 더 남는 장사라는 생각이 들어 떡볶이와 떡볶이의 친구들을 먹었다. 아무도 나의 떡볶이 사랑을 막을 수는 없다.

박종현

고추장불고기 삼각김밥과 미래 사회

어린이였던 나는 밥 먹는 시간을 좋아하지 않았다. 밥 먹는 시
간을 싫어해서 밥 먹는 걸 싫어할 정도였다. 어른들이랑 먹는
시간이 제일 그랬다. 빼빼 말라서 참 복 없이 먹는다고, 아니
그렇게 먹으니까 빼빼 마른 거라고 한마디씩 들을 때면 더 그
랬다. 안 들을 때가 드물었으므로, 대부분의 밥 먹는 시간을
안 좋아했다는 얘기다. 반찬이 상 여기저기 산재되어 있기에
나의 '복 없게 먹음'이 유독 강조되는 한식 상차림을 원망하
곤 했다. 반찬을 냉꼬만큼('눈곱만큼'의 충청도 사투리)씩 가져간
다고, 그걸 또 밥 위에 놓고 나눠 먹는다고, 머스마가 깨작깨

작 먹어서 쓰겠냐고 한 소리씩 듣다 보면 아무리 맛있는 음식이라도 맛없어질 정도였다(난 그런 소리 덜 들으려고 연기까지 하면서 최선을 다해 먹고 있었습니다 어른들아). 얼마나 싫어했냐면, 초등학교 시절 '과학기술과 미래 사회'라는 주제를 다룬 사회 과목의 토론 시간 때 이렇게 말할 정도였다.

"미래에는 과학자들이 밥알 크기를 밥그릇처럼 키워서, 고구마처럼 손으로 들고 까면서 먹을 수 있도록 해주면 좋겠어. 안에 간이 돼 있어서 반찬도 따로 필요가 없게 말이야. 반찬 그릇 설거지 안 해도 되고, 상 차릴 필요도 없고. 각자 먹고 싶을 때 원하는 크기로 집어서 전자레인지에 쪄 먹으면 물도 절약하고 쓸데없는 시간도 줄이고 좋잖아?"

몇 년 후 삼각김밥을 만났다. 밥알 하나로 이루어지지 않았다는 점을 제외한다면 한 어린이가 그리던 이상적인 형태의 바로 그것에 가까웠다. 게다가 김까지 해서 반찬을 무려 둘씩이나 포함하고 있다는 점에서 나의 그림보다 우월했다. 어른들 중에도 나같이 밥 먹는 자리를 싫어하는 종류의 사람들이 많나 보다, 싶어 기쁘기도 했다.

가족을 떠나 서울로 대학을 오면서 본격적인 삼각김밥 라이프가 시작되었다. 단연 좋아한 것은 '고추장불고기'

맛이었다. 당시 삼각김밥은 요즘보다 내용이 많이 부실해서, 그 이름과는 달리 밥 속에서 불고기의 실재를 찾아보긴 힘들 었던 것으로 기억한다. (조금 과장하자면 '바나나맛' 우유 속 바나 나와 함량이 비등할 정도였다.) 하지만 적어도 개념적으로는 가 장 완벽한 삼각김밥이었다. 밥과 고기, 김과 고추장. 그러니 까 탄수화물과 단백질, 해조류에다가 고추장 속 비타민까지 품었다. 게다가 단맛(밥)과 매콤한 맛(고추장), 고소한 맛(김) 에 짠맛(소금)까지 가히 맛의 콰르텟Quartet을 이루고 있었다. 이 모든 것이 빈틈없는 김 두 겹 안에 담겨 있었다. 다 먹고 목에 남는 텁텁함은 실론티 한 캔으로 씻어내면 되었다. 그렇 게 1200원이었다.

　　고추장불고기 삼각김밥은 20대 초중반의 내가 공부니, 아르바이트니, 동아리니, 음악이니, 술이니 하며 정신을 놓다 잡았다 하는 중에도 '어쨌든 챙겨 먹었다'는 위안을 주었다. 그러니까 절반은 물적으로, 나머지 절반은 관념적으로 '챙겨 먹음'이라는 숙제를 수행한 것이다. 말 그대로, 숙제였다. 혼 자서든 누구와든 먹는 자리와 시간을 좋아하지 않고 심지어 아까워하던 그때의 나는 고추장불고기 삼각김밥과 같은 완벽 한 물질들, 그러니까 '칼로리바란스'라든가 '계란빵' 등과 같이 이름이 든든하고 형태가 어딘지 건실하며 무엇보다 한 손으로 간편하게 먹어치울 수 있는 그런 것들을 참 자주 먹었다. 입이 짧은 한 어린이가 기대해 마지않았던 '미래 사회'가 도래하는 듯했다.

그렇지만 미래를 다루는 이야기란 아무래도 유토피아나 디스토피아 중 하나로 귀결될 터이고, 이 경우는 후자였다. 복학 두 번째 학기 즈음, 이젠 캠퍼스에 아는 사람도 별로 없기에 더더욱 자연스럽게 혼(고추장불고기 삼각김)밥을 주로 하던 어느 날인가부터 갑자기 두통 같은 것이 찾아왔다. 떵한 게 지속되었고, 피로라는 물질로 만든 비니 모자를 하루 종일 쓰고 있는 느낌이 들었다. 학교 근처 병원에 가 혈액검사 등등을 하고 나서 선생님 앞에 앉았다.

- 특별히 문제는 없고… 혹시 자취해요? 기숙사 살거나?
- 네. 맞아요.
- 밥 잘 안 챙겨 먹죠? 편의점에서 때우고 그러죠?
- ….
- 학생 같은 20대 남자들이 자주 옵니다. 영양실조라고 보면 돼요. 비타민 며칠분 챙겨드릴 텐데, 앞으로 과일 꼭 먹어

야 돼요. 끼니 제대로 신경 써서 먹고요. 군것질 많이 해요?

　- 네. 과자랑 초콜릿이요.

　- 과일 먹어요, 과일.

　그렇게 (나만의) 미래적 라이프 스타일은 금지되었다. 지금은 혼자서 혹은 타인들과 밥 먹는 시간을 (꼭은 아니지만) 즐길 줄도 알고, 여러 찬들이 한입 한입 빚어내는 한식의 맛에 행복해할 줄도 안다. 그렇지만 일에 치이거나 요리나 외식이 귀찮아질 땐 가끔 편의점에 가서 삼각김밥을 고른다. 여전히 원통형 김밥보다 삼각김밥을 선호하는 것은, 앞에서도 언급한 삼각김밥의 관념적·형태적 완벽성이 뇌리에 박혀 있기 때문인지 모른다. 고를 때마다 고추장불고기 맛이 있는지 습관적으로 찾아보며 웃곤 한다. 정확히 '고추장불고기'라는 단어가 적힌 것을 찾기가 힘들고, 있어도 높은 확률로 안 고를 것임에도 불구하고 말이다. 고르고 나면 과일이나 과일 통조림, 정 아니면 과일 맛 음료수라도 하나씩 챙겨 온다. 그래야 또 한 끼 '때운다'고 나무라는 내 마음속 의사 선생님한테 덜 혼날 것 같은 모양이다. 나와 당신의 다음 끼니가 궁금해진다. 숙제 같은 것이기보다 그 자체로 즐거운 것이기를. 연기

할 필요 없이 맛있고, 진짜로 영양이 가득 담긴 그런 음식들
과 함께하게 되기를.

∞ 종현_"담에 공연 보러 와 / 내가 숨쉬는 일터로 / 잠시 쉬러 와 / 넌 그럴 자격 있어
/ 내가 오늘 공연으로 저녁 값을 벌었는지 / 그저 하루를 넘기기 위해서 입을 벌렸는지 /
말해줘, 오늘이 내일의 나에게 뜨끈한 밥을 / 한술 뜨게 할지, 날 뜨게 할지"
- 넉살, <밥값> 중에서

이묵돌

블루 삼각김밥

그 시절이라고 다 눈물 젖은 삼각김밥을 먹진 않는다. 적어도
내 생각, 아니, 기억에서 삼각김밥이란 그런 음식이 아니기 때
문이다. 혼자 불 꺼진 부엌 또는 단칸방에서, 조심스럽게 껍질
을 벗겨 우걱우걱 씹어 먹다가 문득 고향에 계신 부모님 생각
이 나서 눈물이 한 방울, 따뜻한 집에서 수십 수백 킬로나 떨
어진 타향살이에 대체 무슨 의미가 있나 하는 생각이 나서 두
방울 흐르는…. 나에게 삼각김밥은 그런 감수성 넘치는 식사
와는 거리가 멀다.

내가 삼각김밥을 먹을 때는 그랬다. 이른 아침에 있는 회계학 강의며 몇 시간 동안의 아르바이트, 나처럼 지친 사람들이 기사님의 발짓에 따라 휘청거리는 1100번 광역버스, 정신없이 집에 돌아와 간단히 샤워를 하고, 몇 분도 안 돼 죽은 듯이 잠드는 일상 속에서, 삼각김밥이란 작은 위로는커녕 번거롭고 거추장스러운 파편에 불과했다. 전주비빔밥이냐 매운 제육볶음이냐, 혹은 참치마요냐 스팸김치냐 하는 문제는 중요하지도 않았고 중요하게 생각할 마음도 없었다. 그저 가능한 한 빨리 이 추레한 삶이 지나쳐가길, 준비 없는 젊음을 집요하게 괴롭혀대는 세상에 복수할 수 있길 바랐다. 어쩜 그때 내가 먹은 삼각김밥이 새파랗게 질려 있었다고 한들 알 도리도 없었을 것이다.

늦은 밤 편의점에서 삼각김밥으로 끼니를 때우려다 보면, 나와 비슷한 표정과 행색의 사람들이 꼭 한두 명씩 들어와 먼 곳에서부터 자리를 채웠다. 네다섯 명이 들어찬 편의점은 차라리 혼자 있을 때보다 적막하다. 끽해야 전자레인지 돌아가는 소리, 냉장 코너의 기계 돌아가는 소리, 덕지덕지 낡은 스피커에서 흘러나오는 음원 차트의 노래 몇 곡이 공간을 채우는 전부다.

사실은 모두가 알고 있다. 그 시간, 자정이 막 지나가고 있는 늦은 밤에, 삼각김밥 따위로 식사를 갈음하는 사람이라면 쓸쓸할 수밖에 없다. 외로울 수밖에 없다. 그럼에도 우리는 서로 아무 말도 하지 않는다. 오늘 너의 하루는 어땠느냐고, 역시 어제나 내일처럼 힘들고 고달팠느냐고 묻지 않는다. 그저 자리에 앉아 멍하니 휴대폰 화면을 바라보면서, 무슨 맛인지도 모르는 김과 밥과 짜고 달달한 무언가를 말없이 씹고 삼킨 뒤 집으로 돌아갈 뿐이다. 그런 적막함이며 외로움 같은 것들조차 혼자 감당해야 하는 인생의 일부라는 것처럼.

삼각김밥은 태생적으로 슬프고 잔인한 식사다. 사람들은 이런저런 이유로 제대로 된 식사를 할 수 없을 때, 구태여 이렇다 할 돈이나 시간을 내기 어려울 때나 삼각김밥을 찾기 때문이다. 그래서 삼각김밥은 떳떳한 한 끼 식사도 될 수 없고 그래서도 안 된다. 같은 김밥을 먹더라도 의자에 앉아서 장국과 함께 하나둘 집어 먹는 김밥이 몇 배는 낫다. 하다못해 라면도 어딘가 놓고 먹을 테이블 또는 받침대를 필요로 한다.

삼각김밥을 먹는다는 건, 그리고 먹을 수밖에 없다는 건 단순히 가난하다는 의미가 아니다. 알고 보면 꼭 삼각형일 필요도, 김밥일 필요도, 안에 들어 있는 것이 꼭 우리가 좋아하는 무엇일 필요도 없는 삼각김밥이다. 그 삼각김밥을 먹는 우리에게조차 꼭 삼각김밥일 필요가 없는 삼각김밥이다. 거기엔 더 이상 미룰 수 없는 시간, 더 양보할 수 없는 마음과 대체할 수 없는 삶들이 깃들어 있는 것이다.

그래서 삼각김밥은 늘 파란색이다. 파란색으로 우울한 밥알들을 힘없이 씹으며, 그날 하루가 가지고 있던 슬픔을 목구멍 속에 욱여넣는다. 마음껏 슬플 수 없는 시간을 지나 보낼 수 있게, 최소한의 힘을 비축해놓는다. 지금도 내 생각은 비슷하다. 나는 세상의 모든 삼각김밥이 우울하기 짝이 없는 파란색이며, 그런 사실을 눈치챌 겨를도 없이 삼각김밥을 먹어치운다는 것만큼이나 슬픈 일을 떠올릴 수 없다.

어쩜 내게도 다시 그런 물기 없는 식사를 되풀이할 때가 올 것이다. 충분히 마주해야 할 슬픔을 감당할 수 없어서, 무작정 먹어치우다가 덜컥 사레가 들리게 되면, 그때 가서야 겨우 눈물 몇 방울쯤 흘려보낼 것이다. 한때 슬플 수 없었던 내가 그러했듯이. 파랗게 우울한 줄도 모르고 살았던 날들이 뜨고, 또 한 번 저물어가듯이.

∞ 묵돌_제가 좋아하는 게임 <모여봐요 동물의 숲>에서 나오는 음악 중에 <블루 삼각 김밥>이라는 제목의 곡이 있더라고요. 새삼 이거다 싶어서 반복재생으로 들으면서 써버 렸습니다. 좋은 하루 되세요.

제 리

아는 얼굴

"사랑하면 사랑한다고 말해야지."

또 한 번의 이별을 마치고 택시를 탔다는 친구는 오래 참아 덥혀진 마음을 문자로 보내왔다. 연애를 시작한 건 한 번인데 헤어짐은 벌써 여러 차례인, 그래서 평소보다 말수가 적어지고 눈물이 묽어진 친구였다. 갑작스러운 연락에 아직 슬픔이 덜 자란 나는 '근데, 이 문장 좋네. 차라리 이런 걸로 시를 써봐' 같은 답을 쓰다 말고, 그래서 밥은 먹었냐는 답장을 보냈다.

친구가 헤어진 날이 오늘인지 아니면 어제가 됐는지 고민할 때 즈음, 친구는 배가 고프다고 했다. 마음이 조금 놓인 나는 최대한 밝은 목소리를 빌려 "그래 잘 생각했어, 원래 장례식장에서도 입가가 붉어지도록 육개장을 먹어야 한대. 한두 번 하는 이별도 아니잖아"라고 말했고, 친구는 삼각김밥이나 사다 달라고 말했다. 나는 '그럴 거면 그냥 밥을 먹지그래'라고 대꾸하고 싶었지만, 친구의 속마음을 짐작하기조차 어려운 밤이었다.

여전히 눈물은 흐르고 근데 또 배는 고프고, 서둘러 삼각김밥을 밀어 넣는 친구의 감정을 이해하려 애쓸수록, 오물거리는 입술 사이로 터져 나오는 밥알 소리와 울먹임이 뒤섞여 들렸다. 슬프고 뜨듯한 감정이 동시에 찾아와서 그랬을까. 몰래 훔쳐본 친구의 얼굴엔 미처 닦아내지 못한 김들과 붉은 양념들이 반짝거렸다. 앞서거니 뒤서거니 삼각김밥 하나를 사이에 놓고 친구의 옅어진 마음들도 새벽을 넘어갔다.

배를 채운 뒤에도 한참을 더 크게 울던 친구는 표현이 서툴고, 감정은 더 서툰 사람과의 사랑은 그만하고 싶다고 말했다. 나는 "그래, 한두 번 하는 이별도 아닌데 뭐" 같은 말들을 위로랍시고 건네야만 했다. 집으로 돌아가는 길에 "근데 이번 이별은 처음이잖아"로 시작하는 장문의 문자를 받았지만, 잠에 못 들 정도의 걱정거리는 아니었다.

나도 아는 슬픔이
울고 있는 얼굴에 있었다

모든 사랑의 역사엔 밥이 있다. 밥을 짓는 누군가의 설익은 마음이 있고 그걸 숨죽여 지켜보는 시간들이 있다. 내가 목격한 사랑은 모두 그랬다. 그렇게 누군가의 이별을 목격하고 나면 다음 날 집 근처 식당을 일부러 찾아갔다. 혼자 주문을 할 때면 주위를 오래도록 두리번거리는 내 버릇과 우연이라도 아는 사람을 만나면 어쩌지 하는 철없는 마음을 이겨내며, 이제는 멈췄을 친구의 사랑을 위해 더운 밥을 한가득 밀어넣고 싶었다.

어렵게 주문을 마치고 나면 밥을 기다리며 아직 오지 않은 풍경에 대해 상상하곤 했다. 두 사람이 마주 보고 앉아 잘 익은 밥을 나눠 담는 풍경. 그런 풍경이라면 가끔은 폭설이 내려도 좋겠다는 생각. 그러면 또 어딘가에 푹 갇혀 며칠 밥이나 지어 먹었으면 좋겠다는 마음도 들었다.

그곳에선, 먼 곳에서부터 오고 있다는 친구를 기다리며 쌀도 씻고 마당도 쓸어야지. 골고루 눈이 쌓이도록 뒤꿈치도 살짝 들고 오래도록 마당을 서성여야지. 눈처럼 사뿐사뿐 밟아줘야 할 텐데, 생각해보니 나는 눈의 무게에 대해 아는 것이 없고. 지난밤 내가 내뱉은 말들이 떠올라 얼굴이 화끈거리고.

한참을 그렇게 마음을 퍼내 밥을 짓다 보면 멀건 얼굴을 한 아주머니가 차려주신 흰 밥과 찌개가 모락모락 눈앞에 피어났다. 나는 마주한 얼굴 하나 없이도 잘도 밥을 먹으며 어제 못다 한 말들을 속으로 적어봤지만, 어떠한 말도 식당 밖으로 가지고 나오지 않았다. 다만, 친구의 다음 풍경 속으로 따뜻한 밥을 함께 먹어줄 누군가가 찾아오길 조용히 바랄 뿐이었다.

*

　알맞게 퍼 올린 흰 쌀 위로 청연한 색이 감도는 반찬을 놓아주는 일은 어렵지 않다. 찌개를 건지며 행여나 두부의 모양이 상하지 않을까 마음을 쓰는 일도, 행여나 상대방의 손이 상할까 봐 고개를 저어 마중 나온 손을 돌려보내는 일도 어려운 일이 아니다.

　뜨거우면 뜨겁다고 말해주는 것. 천천히 먹고 또 많이 먹으라고 말해주는 것. 간은 잘 맞는지. 유난히 추웠던 지난겨울을 보내고 온 김치가 알맞게 익었는지. 미지근한 물이 필요하지는 않는지. 그래서 오늘 너의 하루는 괜찮았는지 물어봐주는 것. 그렇게 다 물어보고 나서야 밥숟가락을 뜨고 있는 상대방의 얼굴을 조심스럽게 바라보는 것.

　진짜 어려운 건 그런 마음이다. 그러고 나면 맛이 없더라도 '이렇게 먹으니까 너무 좋다'고 말할 수 있는 사람을 만날 테니까. 더 먹고 싶은데 양이 적어서 억울하다는 다정한 투정을 부릴 수 있는 사람을 만나게 될 테니까.

오늘은 사랑하는 사람과 함께 밥을 지어 먹어야지. 배고프면 배고프다고 말을 해야지. 사랑하면 사랑한다고 말해야지. 말하지 않으면 아무도 모르니까, 꼭 말해야지.

쌀이 끓는 동안 우리들의 사랑도 익어가겠지. 잘 익은 밥을 오래도록 나눠 먹어야지. 한 공기쯤은 따로 담아서 마음속 깊이 품고 다녀야지. 마주 보고 앉아 밥을 나눠 담던 풍경을 오래도록 기억해야지. 되도록이면 삼각김밥은 혼자 먹지 말아야지. 대충 허기를 달랜 기분이 들지 않게 해야지. 대충 사랑했던 우리들로 기록되지 말아야지.

∞ 제리 _ 밥은 먹었냐고 건네는 다정한 한마디가 끝내 잃어버린 옛 사람을 불러내기도 하고, 그 시절 우리를 용서하기도 한다.

핫펠트

언제였더라

"근데 핫펠트는 삼각김밥 먹어본 적 있어요?"
"당연히 있죠."

기분이 이상하다. 어느샌가 나는 삼각김밥을 먹어본 적 없을 것 같은 사람이 되어 있다. 재벌 집 자식들이 길거리 떡볶이를 못 먹는다는 사실인지 아닌지 모를 이야기처럼, 나와 삼각김밥도 어울리지 않는 조합이 되어버렸나 보다. 근데, 언제지? 마지막으로 삼각김밥을 먹어본 게.

정확하진 않지만 언젠가 뮤직비디오를 찍을 때였던 것 같다. 촬영 중에 뭘 잘 먹지를 않으니까 매니저가 간단히 요기를 하라고 사다 준 기억이 어렴풋이 난다. 그러니까 한 1, 2년 전쯤. 내 손으로 삼각김밥을 사 먹은 기억은 아주 많이, 10년 이상을 거슬러 올라가야 한다. 그러니 어쩌면 나는 삼각김밥과 어울리지 않는 — 이미지가 아니라 실제로 어울려 놀지 않는(?) — 사람이 되어버린 걸지도 모른다.

삼각김밥을 먹지 않은 이유는 단순하다. 나는 김밥을 더 좋아한다. 밥보단 속이 많은 걸 좋아하는데, 삼각김밥에는 밥이 너무 많다. 내 입맛 기준에서는 곧 싱거워진다. 가장자리에 남은 밥들은 버리자니 아깝고 먹자니 퍽퍽한 것이다. 냉장되어 있다가 전자레인지에 돌리는 삼각김밥은 때때로 속까지 완전히 데워지질 않아 차고, 한입에 들어가는 크기가 아니니 메이크업이 되어 있는 상태에선 먹기도 불편하고, 먹다 보면 얼마 들어 있지 않은 속을 바닥에 흘리기 일쑤이며, 마지막에는 손에 밥풀을 비롯한 여러 가지가 묻어난다(이건 전적으로 칠칠치 못한 내 탓일 수도 있다). 지금 이렇게 말하니 삼각김밥에 악감정이라도 있는 듯하지만, 솔직히 잊고 살았다. 안 먹어야지

하고 안 먹은 게 아니라 먹을 생각이 없었다.

삼각김밥이 너무 맛있어서, 최애 음식이라서 먹는 사람은 물론 많지 않을 것이다(혹시 그렇다면 인스타로 디엠 주기 바란다). 삼각김밥은 가성비다. 밥심으로 살아가는 한국인에게 단시간에 저렴한 가격으로, 가까운 편의점에서 쉽게 구할 수 있는 음식. 맛도 다양해 질리지 않고, 빵이나 라면보다 훨씬 든든한. 온갖 것들이 유행처럼 나타나고 사라지는 한국에서 이토록 꾸준히 사랑받고 자리 잡을 수 있었던 건 그 분명한 가치 때문이다.

가치. 가치 있는 존재. 가치 있는 존재가 된다는 것은 쉽지 않은 일이다. 첫째로 그 존재 자체가 지닌 용도 혹은 기능, 그러니까 능력이 있어야 하고 둘째로 그 가치를 알아줄 누군가를 만나야 한다. 우리 집 옷 방에 존재하는 스타일러는 첫번째 조건을 갖추었으나(집들이 선물로 받은, 최신 제품이다) 두번째 조건을 갖추지 못했다. 패션에 관심이 없고 집히는 대로 주워 입는 주인을 만난 탓에 2년간 다섯 번 정도 겨우 제구실을 했나 싶다. 본래의 용도를 상실했지만 새로운 가치를 갖게 되는 경우도 있다. 조카 가영이가 아기 시절 쓰던 흔들침대는 내 강아지 아모의 애착 침대가 되었다. 유아용에서 애견용이 되었지만, 분명 가치가 있다. 기능을 잃었고 쓰임새도 없지만 가치가 있는 물건도 있다. 매년 써온 나의 다이어리가 그러하다. 한 해가 지나면 방 안 서랍에 처박혀 한동안 나올 일이 없지만, 이번에 책 『1719』를 준비하면서 당시의 일들을 뚜렷이 기억하기 위해 꺼내 읽었다.

나도 한때는 삼각김밥을 좋아했다. 고등학교 시절, 실용음악 학원에 다니며 꿈을 키우던 시절, 연습이 끝나고 11시쯤 집에 갈 때면 편의점에 들러 삼각김밥 하나와 콜라 하나를 사 먹었다. 내가 좋아하는 제육볶음 맛이 남아 있기를 바라며, 전혀 내 취향이 아닌 김치볶음밥 맛만 남아 있을 땐 아쉽게 발을 돌리며…. 그날 연습이 어땠는지에 따라 매번 다른 감정을 가지고 먹었던 것 같다. 어떤 날은 눈물 나게 맛있었고, 어떤 날은 반도 먹지 못하고 버렸다. 어떤 날은 이게 입으로 들어가는지 코로 들어가는지 모르게 허겁지겁 먹어치웠다. 삼각김밥이 소중하다고 생각해본 적은 없었지만, 그 시간은 내게 소중했다. 하루를 정리하는 시간, 다시 꿈꾸는 시간이었다. 그

많은 날엔 삼각김밥이 있었다.

"예전에 진짜 좋아했었어요."

자주 듣는 얘기다. "옛날에 진짜 팬이었어요." 참 반갑고 고마운 얘기지만 이 문장들은 현재형은 아니다. 나는 대부분의 사람들의 군 생활 속에, 초등학교 수학여행부터 대학교 오리엔테이션까지의 다양한 추억 속에, 수능 기간, 선거철 속에 남아 있다. 아주 가끔 옛 친구들과 노래방에 갈 때나 한두번 꺼내어 볼까, 그들의 일상에 더는 존재하지 않는다. 하물며 나의 일상에도 그때의 나는 없다. 미안할 일도, 슬퍼할 일도 아니다. 그저 시간이 흐른 것뿐이다. 세상에 영원한 것은 아무것도 없으니.

이 글을 적으며 아주 오랜만에 삼각김밥을 하나 사 먹어볼까 했다. 곧 생각이 바뀌었다. 내가 아니어도 삼각김밥을 좋아하고 먹고 싶은 사람은 많다. 앞으로도 꽤 오래, 한 시절이 지나면 또 다른 사람들에게 계속해서 사랑받을 것이다.

나는 삼각김밥을 좋아했었고 지금은 먹지 않는다.

더는 삼각김밥이 불편하지 않았다.

∞ 핫펠트_삼각김밥의 세 모퉁이 끝까지 속을 채워주셨으면 합니다. 그렇게 된다면 다시 삼각김밥 팬이 될 수 있을 것 같습니다. 조심스레 부탁드립니다. 꾸벅.

언젠가,
북극

김 겨 울

시네마 북극

마지막 남은 릴을 찾고 있다. 원래는 여기 있어야 하는데, 그
난리통에 어디로 굴러가버린 모양이다. 하긴 모든 게 제자리
에 갖춰져 있다면 내가 여기 있을 이유도 없지만. 다 먹은 캔을
버리러 나가는 김에 폐광 여기저기를 다시 돌아보기로 한다.

흠칫 놀라 뒤를 돌아본다. 발소리 사이로 뭔가가 들렸
던 것 같은데, 뭔가가 들렸던 것 같은 것인지 실제로 들린 것
인지 이제는 알 수 없게 되었다. 내가 무엇을 얻고 무엇을 잃
고 있는지도 더 이상은 가늠할 필요가 없게 되었다. 나가지

않고 이 폐광에서 버틴다고 가정했을 때 나에게 남은 시간은 대략 1년쯤 된다. 나는 마지막 릴을 찾고 있고, 그 릴이 있다면 1년 정도는 꾸역꾸역 버틸 수 있을 것이다.

지난여름에는 모두가 이상한 기분에 사로잡혀 있었다. 모두가 모든 것을 파괴하리라는 공포와 불안과 흥분과 기대가 안개처럼 깔려 있어 숨을 쉬기 힘들었다. 차라리 기지를 방문하는 게 다행이라고 느꼈다. 우여곡절 끝에 노르웨이에 들어왔고, 다시 스발바르 제도의 스피츠베르겐 섬. 멈춰 세우는 사람들에게 떨리는 손으로 입국허가증과 여권, 연구소 재직증명서를 내밀었다. 니알슨 기지촌에 도착할 때까지 나는 다섯 번 불심검문을 당했다. 사람들은 모든 게 파괴되기를 기대하면서도 뭔가가 남아 있기를 바랐다. 지상의 모든 생명체가 죽으리라 생각하면서도 언젠가 발견될 인류의 유산을 남기기를 바랐다. 나는 사람들의 어리석은 바람으로 검문을 통과했다.

폐광 바깥에 캔을 쌓아놓고 있다. 지난달 — 아마도 — 까지는 대충 개수를 세고 있었는데 이제는 그것도 포기했다.

이따위 음식만 먹다가 성인병에 걸려 죽는 게 빠를지 외로움에 몸부림치다가 자살하는 게 빠를지 내기를 하고 있다. 폐광 구석에 누워 프로그램이나 돌려보다가 곧 죽을 거면 왜 살지? 하지만 최후의 인간들 중 하나가 넷플릭스 감상 비슷한 걸 하다 죽는 것도 나쁘지 않은 사치일지도 모르지. 내기 상대는 홀수 날의 나다. 오늘은 짝수 날이고. 몇 월 며칠인지는 모르겠고, 숫자를 세기 시작한 뒤로는 94일째 되는 날이다.

기지에서 폐광으로 넘어온 건 기지에 도착한 지 5일째 되는 날이었다. 깃허브로부터 혹시 스발바르 국제 종자 저장고 근처의 폐광에 가서 필름 릴을 대신 받아줄 수 있겠냐는 요청을 받았다. 북극 코드 금고Arctic Code Vault. 폐광 밑으로 250미터를 파서 영구동토층에 온갖 오픈 소스 코드를 릴의 형태로 저장해놓는 프로젝트. 인류의 지적 유산을 1000년 넘게 보존하겠다는 야심. 롱위에아르뷔엔에 살던 주민들은 이미 노르웨이 본토로 대피했고, 스피츠베르겐 섬에 있는 인간이라고는 기지촌의 연구원들밖에는 없었으므로 다른 선택지는 없었을 것이다. 가겠다고 했다.

그냥 같이 죽을걸. 왜 가겠다고 했지. 아니면 다 같이 가자고 할걸. 귀찮은 일이니까 혼자 하는 게 아니라 귀찮은 일이니까 남들도 같이 시킬걸. 아니면 좀 능청을 부릴걸. 농담 따먹기도 좀 하고 밥도 천천히 먹고 그럴걸. 왜 칼같이 밥을 먹고 빠릿빠릿하게 솔선수범해가지고서는, 다들, 보지도 못하게….

오늘은 짝수 날이니까 이 정도만 하기로 한다. 이래서 남의 택배는 대신 받아주는 게 아니다.

눈앞이 왠지 울렁울렁하네, 생각하는데 아까 던진 캔 뒤로 캔이라고 하기엔 좀 밝은 반짝거림이 스쳐 지나간다. 저 익숙한 은빛은? 햇빛의 타이밍을 칭찬해본다. 아니면 청승의 타이밍을 칭찬해야 할까. 이걸 못 보다니 나도 참 멍청하다는 자책으로 결론을 내린다. 이번 릴에는 좀 재미있는 게 들어 있으면 좋겠다고, 꽤 사치스러운 바람도 가져본다. 그렇게 1년을 연장한다는 것이 짝수 자아의 결심이다. 내일을 버티려면 재미있는 게 들어 있지 않으면 안 된다. 여기 담긴 코드를 짠 사람들은 본인들의 프로그램이 짝수 자아와 홀수 자아의 싸움에 동원되리라는 상상을 했을까.

은빛 포장지를 물어뜯는다. 흰색 릴이 단단하게 말려 있다. 영사기와 비슷하게 생긴 코드 프로젝터에 릴을 건다. 나는 1000년 동안 보존되기로 되어 있었던 인류의 문명 중 일부분을 탕진하고 있다. 기분이 나쁘지 않다.

∞ 겨울_ 스피츠베르겐 섬의 북극 연구 기지도, 깃허브의 북극 코드 금고도 모두 실존합니다.

박종현

영화 〈북극으로〉 사운드트랙

십수 년 전 P가 북극에 가고 싶다고 생각한 건 다큐멘터리를
보다가였지. 시베리아 북부 어딘가, 주인공이 보트에 실려 강
을 따라 내려가고 내려가다가 마침내 바다가 열리는 지점을
맞는 걸 보았던 거지. P도 언젠간 그러겠다고, 북빙양의 한 소
매 끝에 가닿는 일을 단호히 꿈으로 두겠다고 다짐했지. P의
친구 E는 우크라이나 사람인데, 음악할 때 그들 말로 북극을
뜻하는 '아크티카'를 예명으로 써. 〈여행은 지금 시작되고〉라
는 곡에서, 주인공의 발자국은 익숙한 사람 소리들과 섞여 있
다가 점차 떨어져 나와. 그러곤 서서히 비와 번개, 바람과 추

위 속으로 들어가 아예 그 안에 담겨. 직접 물어보진 않았지만 아마 북극으로 아니 적어도 북쪽으로 향하는 길일 거야, 라고 P는 지레짐작해. 듣고 있으면 점점 추워지거든.

1. Arctica,

   〈Your Journey Begins Now〉

   (2015, 31'13'')

지구본을 뱅그르르 돌리던 P는 무르만스크라는 지명 위에서 눈을 깜빡여. 2차 대전 시절 소련의 잠수함 기지였던 곳. 가장 높은 위도의 맥도날드가 있다는 곳. 70여 년 전 북한에서 모스크바로 가 목숨을 걸고 망명한 스물몇 살의 영화학도 K가 동지들과 떨어져 홀로 유배된 곳. 동지들을 다른 세상으로 보낸 구순의 K를 P는 만난 적이 있지. 그에게 무르만스크는 진저리 나는 백야와 과객혼 풍습으로 기억되었어. P는 상상해. 북극해로 출항하는 날 새벽 항구, 게슴츠레한 백야에 앉아 전날 사놓은 빅맥에다 보드카를 마시면서 고려인 바르드의 노래 〈환상-낭만〉을 읊조리는 모습을. "봐봐, 어떤 파도가 이는지 / 하늘도 음침해 / 그렇지만 친구야 / 불길한 말 말자 / 돛을 올린다!"

2. ▦ 율리 김,
〈환상 - 낭만〉
(1963, 1'48")

왜 혼자 간다고 생각하지? 문득 P는 생각해. 누구랑 같이 갈 수도 있잖아. 시베리아에서 만나 함께 북극해로 흘러가는 예니세이와 안가라처럼 말이야. 전설에 따르면, 바이칼이 지극히 아끼던 딸 안가라는 무사 예니세이를 보러 아버지로부터 도망쳐. 화가 난 바이칼이 돌을 던졌는데 딸이 그에 맞아 죽었다고도 하고, 그렇지 않다고도 해. 하지만 전설이 어떻든, 두 강은 만나지. 둘이 만나 서로 손을 잡고 멀리멀리 걸어가지. 크라스노야르스크쯤에서 출발하면 좋겠다고 P는 생각해. 친구 아브잘이 아직 거기 살고 있을 수도 있기 때문이기도 하지만, 무엇보다 안가라를 만나기 전이기 때문이지. 외로우며 또 가슴 설레며 걷다가, 만나서 끌어안고 같이 흘러가야지. 그냥 걷지 말고, 시베리아 동네 잔치마다 빠지지 않았을 바얀 소리 흥겹게 들으면서, 그에 맞춰 춤도 추면서. "아침 빛을 향해

/ 안가라 따라서 / 안가라 따라서" 흥얼거리면서.

3. 마야 크리스탈린스카야·이오시프 코브잔,
〈안가라 따라서〉

(1963, 1'41")

북아메리카 어드메를 출항점으로 삼는 건 어떨까 궁리
하던 P는, 오로라를 보러 갔다가 오로라 안내꾼에 대한 노래
를 듣고 돌아온 친구 Z를 떠올려. "차는 달리고 또 달려 구름
을 벗어나보려 / 짙은 구름 뒤로 가려진 오로라를 보려 / 신은
또 내게 받아들이라지만 / 그는 달리고 또 달려 운명을 벗어
나보려…" 북극을 향해 갔다가 어떤 노래를 듣고 돌아오게 되
려나, P는 혼잣말하다 손을 들어 왼쪽 관자놀이를 톡톡 치며
스스로를 나무라. 직업병은 그만, 노래를 듣고 올 생각을 왜
벌써 하니. 있던 노래조차 버리고 돌아올 수도 있지. 아예 안
돌아올 수도 있거든. 미국 서부에서 태어났지만 알래스카에
정착해 '바다뭍'에 대한 음악을 만든 어떤 사람을 P는 곰곰 생
각해. 북극에서 돌아오지 않고 외려 북극의 무언가가 될 수도
있겠지. 어쩌면, 북극 안내꾼이 될 수도 있겠지. 북극을 좋아

떠나온 사람을 반겨 맞고, 달구어진 난로 앞에서 손발을 잠시 따스하게 해준 뒤 함께 영차, 출발하는 일을 업으로 맞을 수도 있겠지.

4. 조준호,
〈오로라 체이서〉
(2020, 4'30'')

5. 존 루터 애덤스,
〈Become Ocean〉
(2014, 42'14'')

엊그제 P는 오랜만에, 한 달 뒤 노르웨이로 음악 공부를 하러 떠나는 동생 J를 만났어. 정말 오래 준비했던 일인 줄을 알았지. "버리고 떠나야 하지만, 그래야만 될 것 같았어"라고 J는 말했어. 그 말을 이틀 후에 곱씹으며 P는 지금, 버리는 일에 대해 생각하고 있어. 아무리 해도 자신 없는 일이 그 일인걸. 다 버릴 순 없더라도, 박차고 나설 정도로는 두 발과 몸, 무엇보다 맘을 가벼이 해야 할 터인데. 그러다가 또 생각하지.

그런 식으로 해선 평생 박찰 수 없을 거야. 아직 두 발이 무겁더라도 그냥 조용히 작은 걸음으로, 문조차 신발장조차 아니 신고 있는 신발조차 눈치 못 채게 나서버리는 게 나을지도 몰라. 아주 조금씩 치밀하게 하루, 하루 떨어내다가 어느 날 갑자기 가만히 천연스레 말이지. 그래서 떠나기 전 만든 J의 음반 마지막 트랙 제목이 "침묵"일까, 라고 P는 마음대로 생각해봐. 놀러 오라고 했으니, 놀러 가야지. 가서 여차하면, 함메르페스트 같은 북쪽 항구로 가야지. 그러고는.

6. 장수현,
〈침묵 Silence〉

(2019, 6'30'')

∞ 종현_"나는 갈 거예요 언젠가 갈 거예요 / 그동안 많이 사랑해 주셔서 정말 감사해요 / 좋은 모습으로 다시 돌아올게요 / 부디 건강하게 재밌는 일 많이 하시길 바래요"
- 홍갑, <나는요> 중에서

이묵돌

어느 날 북극에 가지 못하더라도

뭇 사람들이 예술계 종사자들에게 가지고 있는 여러 가지 편견 중에는 '여행을 좋아하거나 적어도 이상한 곳을 싸돌아다니는 걸 즐기겠지' 하는 것이 있다. 나는 반은 맞고 반은 틀렸다고 보는 쪽이다. 반복적인 일상 속에서 무언가 색다른 경험을 찾는 것도, 이렇다 할 규칙 없는 삶 가운데 변치 않는 안정감을 추구하는 것도 모두 인간의 특성이지 뭘 창작하는 사람들만의 성질은 아니기 때문이다.

아무렴 창작이라는 것이 새로운 경험과 자극으로부터

많은 영향을 받기야 한다. 실제로 역사적 대문호들의 연보를 보면 수년에 걸쳐 세계를 여행한 케이스를 심심찮게 찾아볼 수 있다. 헤밍웨이의 경우 태어난 미국은 물론이거니와 당대 문화의 중심지였던 유럽, 『노인과 바다』의 배경이 된 쿠바 그리고 아프리카 대륙 최고봉인 킬리만자로에 이르기까지 쉴 새 없이 싸돌아다니는데, 대관절 이런 사람에게 글을 쓸 시간이 있긴 했던 것일까 하는 생각이 들 정도다. 하기야 여행을 갔다고 해서 타자기를 놓고 살진 않았겠지만.

나로 말할 것 같으면 딱히 여행을 좋아하지도 싫어하지도 않는다. 살다 보면 여행이 필요한 순간이 온다는 것쯤은 알지만, 누군가의 말처럼 "인생이 곧 여행이네", "여행하지 않는 삶은 공허할 뿐이네", "여행이 있음으로써 일상의 소중함을 깨달을 수 있네"라고 할 정도로 여행이 거창하고 대단한 것 같지는 않다. 정말이지 내게 지금 당장 '집에 평생 처박혀서 사는 것'과 '평생 정처 없이 떠돌아다니며 사는 것' 중에 선택하라고 한다면 십중팔구 집에 있는 쪽을 고를 것이다. 집 나가서 무조건 개고생만 하라는 법은 없지만, 적어도 집에서 하는 것보다 고생스럽단 사실은 명백하니까. 비데가 설치돼 있을지 없을지 모르는 화장실을 찾아간다는 건 내게 너무 힘겹고 고단한 일이다. 그래도 뭐 어떤가? 여행을 정말 좋아하는 사람이 있으면 나처럼 적당히 귀찮아하는 사람도 있어야 우주의 균형이 맞을 것이다.

그러나 이런 이야기를 사석에서, 특히 인스타그램 프로필란에 자신이 들렀던 나라의 국기들을 훈장처럼 늘어놓는 사람들 앞에서 꺼내기란 쉽지가 않다. 그야 내가 여행 다니길 좋아하는 친구에게 "난 여행이 싫어. 여행 다니는 인간도 싫어"라고 선전포고를 하는 타입도 아니거니와, 누구든 사람은 자신이 가장 사랑하는 것들을 대화 주제로 삼기 마련이니까.

"진짜, 너도 해외여행을 진득하게 한번 다녀와야 해⋯. 그래야 내 말을 조금 이해할 수 있을걸." 친구는 그때 막 막걸리 한 대접을 다 비운 참이었다. 그새 목소리가 걸걸해진 것이 아주 목감기에 걸린 사람 같았다.

"나는 너처럼 돈이 많지 않아서 못 가." 내가 말했다.

"그건 거짓말이지. 주구장창 글 써서 번 돈은 다 어디 썼는데?"

"네까짓 놈 보러 오느라 택시 타는 데 썼지."

"택시를 왜 타는데? 지하철은 장식이냐?"

"난 지하철이 싫어. 환승하는 것도 싫고. 사람이 많은 것도 싫어."

"이렇게 보면 너는 싫은 게 참 많다니까. 여기저기 여행도 다니면서 인마, 세상을 보는 눈을 넓히고 호연지기를 길러야 글도 쑥쑥 나올 것 아니야? 너라는 그릇을 좀 넓혀야 하지 않겠느냐고."

"아, 사장님. 여기 막걸리 한 대접만 더 주세요." 나는 일부러 못 들은 체하며 추가 주문을 넣었다. 해결에 별 도움이 안 된다는 건 알고 있었다.

"야, 내 말 듣고 있냐? 제발!" 친구가 불쑥 분통을 터트렸다. "좀 귀담아서 들어. 내가 네 친구로서 하는 말이거든? 묵돌아. 인생이 참 짧다니까? 너, 파리 가보고 싶지 않냐? 그 역사적 도시에 가서, 몽마르트르 거리를 거닐면서… 위대한 예술가들의 흔적을 더듬어보는 게 얼마나 의미가 있는 일이냐? 어?"

"그럼, 당연히 의미가 있겠지. 자기가 뭐라도 된 것처럼 의기양양하게 싸돌아다니다가, 고흐 자화상이 인쇄된 엽서나 몇 장 사서 귀국하는 게 얼마나 대단한 일이겠어? 지나가는 사람들한테 부탁해서 카톡 프로필 사진이나 몇 장 찍고 말이야. 아주, 몇백만 원을 주고서라도 살 만한 가치가 충분히 있지…. 그런 게 가치가 없다면 대체 어디에 가치가 있겠냐? 응?"

"아니, 내가 말하는 건 기념품 같은 게 아니야. 비아냥 대고 싶으면 맘대로 해. 그래도 직접 보는 것과 상상만 하는 것은 달라. 다르다고. 그런 것들을 직접 보고 경험하는 것이야 말로 인생을 가치 있게 하지. 적어도 나는 그렇게 생각해."

"그래." 나는 조금 지친 투로, 테이블에다 턱을 깊숙이 괴고 나서 말했다. "네 생각이라면."

"너는 진짜 이상한 인간이야. 너는 살면서 꼭 한 번쯤 가보고 싶은 곳이라든가, 그런 게 없어?"

"글쎄."

"나는 죽기 전에 북극에 한번 가보고 싶어. 인간의 손이 거의 닿지 않은, 아직까지도 미지의 세계잖아. 거기서 북극곰도 펭귄도 보고, 하늘에서 꿈틀거리는 오로라도 직접 눈으로 보고 감탄하고 싶어…. 이런 걸 목표로 삼고 사는 내가 한심하냐?"

"아니, 전혀." 나는 진심으로 대꾸했다.

"한심하게 생각해도 상관없어. 그냥 내 꿈이니까. 사람이 살면서 꿈이라는 게 있어야지…. 이거는 취해서 하는 말인데, 나는 한국에서의 삶이 참 싫어. 1년 중에 열 달 가까이를 일만 하다가, 반년에 한 달씩 딱 두 달만 자유롭게 산다는 느낌이야. 이게 여행을 위한 삶일까, 삶을 위한 여행일까? 사실은 나도 잘 모르겠어. 그런데… 아, 고마워. 잠시만." 친구는 내가 퍼 올린 막걸리를 벌컥벌컥 마시고 말을 이었다.

"…아, 좋다…. 그런데 있잖아. 나 모아놓은 돈이 없어. 이렇게 살다간 북극은커녕 겨울에 스키장도 못 가게 생겼어. 그렇다고 한 푼 두 푼 더 모아보려니 어디 가까운 데라도 여행을 가지 않으면 사는 걸 버틸 수가 없어. 오늘 해야 할 일을 참고 하는 게 너무 힘들어…. 야, 정말 나는, 네가 좋다. 이런 이야기 들어주는 인간이 별로 없어. 내 주변엔 너밖에 없어."

"좋아. 알아들었으니까 이제 그만 마셔." 나는 반쯤 남은 막걸리 잔을 내 쪽으로 뺏어 왔다. 친구는 치워진 자리에다 이마를 대고, 당장이라도 잠들 기세로 기척을 죽였다.

"…야, 자냐?"

"아니."

"잘 거면 집에 들어가서 자."

"집에는 너나 들어가." 친구가 웅얼거렸다.

"나는 집이 싫어⋯."

"아, 추워죽는 북극은 좋고?"

"갈 수 있을지 없을지 몰라. 나는⋯."

"아까는 꿈이라며?"

"잘 이뤄지지 않는 게 꿈이기도 하지."

"염병하고 있네⋯. 야, 택시 부른다. 집 가서 자."

나는 자리에서 일어나서, 택시 호출 화면을 띄웠다. 팔
꿈치에 부딪힌 휴지곽이 바닥에 떨어져 나뒹굴었다.

"만약 내가 못 가면 너라도 가라."

"가긴 어딜 가? 니 집에?"

"아니, 북극 말이야⋯."

"취했다고 정말 아무 말이나 하고 있네⋯. 내가 북극을
왜 가?"

나는 어처구니가 없어 대답했다. 좋은 습관은 아니다.

"가는 데 이유 같은 게 어딨어. 그냥 가는 거지⋯."

"북극은 춥고, 배고프고, 아무도 없어서 외롭기만 할걸."

"그건 여기도 마찬가지야."

친구는 그게 20여 년 인생의 유언이라도 되는 양 말하고 나서, 그대로 뻗어 잠들었다. 이윽고 나는 포차 아주머니와 함께 놈을 택시 뒷좌석으로 옮기느라 진땀을 뺐다. 집에 도착했을 땐 자정을 훌쩍 넘긴 시간이었다.

어느 날 문득 여행을 떠나는 일이 얼마나 낭만적이고 멋진 일이냐, 같은 의견엔 달리 할 말이 없다. 내게도 살면서 한 번쯤 가보고 싶은 곳 정도는 있다. 다소 귀찮고 번거로울지언정 재미있고 새롭다는 것도 사실이다.

그러나 어딘가로 떠나야 한다는 강박에 시달리는 이들, 일상에 없는 자극과 새로움을 찾아 공항으로 향하는 이들이 불행한 이유가 있다면, 아마도 목적으로서의 여행과 출구로서의 여행이 다르기 때문일 것이다. 전자는 무언가를 좇아서 떠나지만, 후자는 무언가에 쫓겨서 떠난다. 누군가는 행복해지기 위해 떠나는 반면, 또 다른 누군가는 그저 불행을 견딜 수 없어서 떠난다. 영화는 별 기대도 없이 만들어지는데…. 멜로를 기대하면 다큐조차 되지 못한다.

때때로 나는 어떤 의무감으로 말미암아 여행을 간다는 기분이 든다. 어딘가 한정된 시공간에 처박힌 상태로 인생 대부분의 시간을 소모하는 일은 불쌍하고 안타까우며, 더 나아가 매우 어리석게 여겨지니까. 우리의 인생이 얼마나 짧고 불확실한데. 주어진 시간을 그런 새로움이며 낭만적인 경험들로 채우지 못한다면 삶에 무슨 의미가 있겠느냐는 것이다. 이왕 인간으로 태어난 이상 서울은 가보아야지, 파리와 뉴욕도 가보고, 북극과 남극 나아가 달 표면에도 발자국을 찍어보아야지…. 이런 생각들에 못 이겨선지, 한동안 북극에 대한 꿈을 몇 번 꿨다. 가본 적도 없는 곳치곤 제법 풍경이 생생해 기억에 남았다.

하루는 그 이미지를 가져다 짧은 소설을 썼다. 그리고 일로 바쁜 친구에게 잠깐 읽어보겠냐며 메시지를 보냈다. 하루가 꼬박 지나고 나서 답장이 왔다. 다음 술값은 자기가 내겠다는 것이다. 나는 여전히 기억하고 있다.

∞ 묵돌_ 음. 지금도 그다지 북극엔 가고 싶지 않지만….

제리

나만의 북극

아름다웠던 계절의 끝자락 따라 어찌지 못하는 마음들이 묻어났다.

눈이 녹는 산기슭 비탈의 어지러움과 이제 막 녹기 시작한 호수의 가장자리. 유리컵에 담긴 얼음이 녹는 속도와 그걸 지켜보는 연인의 눈동자. 이렇게 어찌지 못하는 마음들이 겹겹이 쌓일 때마다 멀리 생각했다. 보통 겨울이었다.

이번 계절엔 아무도 안부를 묻지 않고, 내 마음 하나

둘 곳 없다고 느껴지면 함께 있고 싶은 책과 영화를 골라 섬으로 떠날 채비를 했다. 마음은 자꾸만 지구 반대편을 떠올렸지만, 그곳에선 돌아오는 방법마저 잊게 될 것 같았다.

"차라리 배추 장사를 하는 편이 좋겠어요."

10년 가까이 다닌 학교를 계속 다녀야 하는지, 아니면 이제라도 그만둬야 하는지 고민하던 날들이 길어지던 시절. 나보다 더 오래 학교에 머물던 선배에게 차라리 배추 장사를 하는 게 더 행복할 것 같다고 말했지만 진짜로는 자신이 없었다. 살면서 화분 하나 끝까지 지켜낸 적 없는 내가 갑자기 무슨 수가 생겨 배추 장사를 할 수 있을까. 그나마 할 줄 아는 건 트럭을 몰 줄 안다는 것뿐인데 생각해보니 나는 친구에게 작은 것 하나 팔아본 적이 없었다.

학교에 남아 있는 것 빼고는 아무것도 할 줄 모르는 사람이 된 기분이 들었다. 지난밤 내린 눈이 어지럽게 녹고 있는 학교를 바라보며, 좋은 추억일수록 더럽게 훼손될지도 모른다고 생각했다. 오래도록 함께해준 학교인데, 봄이 유독 아름다운 학교인데, 어느 순간부터 곧 봄이 오겠지 생각하면 마음부터 탈이 났다. "배추 장사는 아무나 하냐"라는 선배의 말에 고개를 끄덕이며 아직 가보지 못한 삶의 터전들에게 미안해져 한동안 말을 아껴야만 했다.

이런저런 고민을 핑계로 1년에 두 번씩 제주에 갔다. 혼자 갈 용기가 없는 나는 늘 누군가와 함께였다. 그래도 먼저 내려가 기다리진 못했어도 함께 내려가 혼자가 된 적은 한 번 있었다. 그땐 혼자서는 여행을 떠나지도 못할 만큼, 무리에서 벗어나는 일이 무섭고 어려웠다. 그렇게 1년에 겨울은 두 번 온다는 핑계로 나도 1년에 두 번 제주에 갔다. 봄이 오기 전 한 번. 겨울이 마지막 달일 때 한 번. 그렇게 두 번. 여행의 끝자락이 보일 때 즈음엔 겨울이 한 열두 번씩 오면 좋겠다고 생각했지만, 그런 마음이 얼마 가지 못할 거란 건 잘 알고 있었다.

해를 넘길 마음으로 내려갔던 제주에서 함께하던 친구는 다시 자신의 터전으로 돌아갔다. 방학이라 갈 곳도 없는 나는 제주에 혼자 남았다. 딱히 할 일도 없었기에 빌렸던 차도 반납하고 해안가를 따라가는 버스를 탔다. 산에서 너무 멀지 않은 해변 속 게스트하우스에 짐을 풀고, 밤에는 모르는 사람들과 술을 마셨다. 처음 본 사람과 잘 웃고 떠들다가도 "근데 뭐 하시는 분이에요?" 같은 질문이 나올 것 같으면 서둘러 자리를 피했다. "저는 내일 산에 가야 해서 먼저 들어갈게요"라고 말하고 나서는 해변의 가장 어두운 쪽으로 몸을 맡겼다. 그러곤 자세히 살피지 않으면 금방 발이 젖게 되는 해변의 밤을 오래도록 걸었다. 파도에 따라 모래 선이 춤추는 해변을 거닐며, 보이지도 않는 북극 선을 따라 여행하는 사람들의 마음을 조금씩 이해해보려고 했다.

다음 날, 일기예보도 어쩔 수 없다는 제주의 겨울을 보기 위해 가게에 들렀다. 저렴하지만 튼튼해 보이는 아이젠과 두꺼운 양말도 챙겼다. 혼자서 산을 오르는 건 처음이었지만 나만 혼자 온 건 아니었다. 중간중간 춥지는 않냐는 먼저 간 친구의 연락을 받았고, 용돈 좀 보내줄까 하는 엄마의 전화도 받았다.

북극처럼 넓고 평평한 산을 혼자서 그리고 끝까지 다

걸었다. 산을 오르고 있다는 기분보다는 멀리 또 오래 걷는 기분이었다. 무엇을 보기 위해 올라갔던 건 아니었기에 날이 좋지 않은 게 다행이라는 생각도 들었다. 구름만 실컷 보고 내려와 아무도 없는 숙소에 누워 영화 〈북극의 연인들〉을 봤다. 어떤 게 더 좋았는지 모르겠지만 산을 오르기 전에 보고 갔어도 좋았을 풍경이 여럿 있었다. 그날 밤은 모르는 사람들과 말을 섞지 않았고, 다음번엔 저곳이 북극점이라고 생각하고 올라봐야지 다짐하며 이른 잠을 청했다.

산에서도 멀고 해변도 없는 곳으로 두 번째 숙소를 잡았다. 애석하게도 거기에선 겨우 이틀을 버텼다. 결국 해를 넘기지 못하고 집으로 돌아왔고 다음 해 벚꽃이 필 무렵 나는 학교를 그만뒀다. 혼자였다.

*

서른을 넘긴 뒤부터, 겨울 제주는 누구에게도 말하지 않은 나만의 북극이었다. 그 뒤로 한 번도 겨울 제주를 보지 못했지만, 그때의 기억이 아직 충분해 급하게 찾진 않을 생각이다. 대신 아직 못 만난 제주의 다른 계절들을 자주 들여다보려고 한다.

얼마 전 다녀온 제주에는 봄을 앞둔 겨울에 보았던 유채꽃도 없었고, 산 중턱까지 흘러내리는 눈도 보이지 않았다. 늘 나만의 북극점이라고 생각했던 정상에도 오르지 않았고 그해 사랑했던 해변도 일부러 찾아가지 않았다. 초여름 제주를 간 건 처음이라서 원래 이곳의 날씨가 이런 건지 궁금했지만 따로 물어보거나 일부러 찾아보지는 않았다.

이번엔 배고프면 배고프다고, 배부르면 배부르다고 재잘거리는 친구와 함께였다. 시장에서 산 찹쌀순대를 잔뜩 먹고 나서는 배가 점점 불러온다며 힘껏 노래를 불러주는 고마운 사람. 아직 함께 간 친구에게 고백하진 않았지만 제주에 같이 내려가주고 또 같이 올라와줘서 고마웠다. 우리가 마지막 날 오른 곳은 산도 아니고 오름도 아니었지만, 드물게 찾아오는 사람들을 위해 비탈길 따라 볏단이 놓여 있었다. 미끄러지지 말고 잘 갔다 오라고 놓인 볏단을 함께 밟으며 앞으로 만날 우리의 겨울이 너무 가파르거나 미끄럽지는 않기를 멀리 빌었다. 이번엔 혼자가 아니었다.

핫펠트

검은 북극

한 사람의 마음은 하나의 지구다.

제각각의 형태를 지닌 지구.

저마다의 바다가 있고, 땅이 있다.

그리고 분명 어김없이,

북극이 있다.

나의 지구에는 검은 북극이 있다. 처음부터 있던 건 아니었다.

최초의 그곳은 여느 곳과 같은 햇살 좋은 양지였다.

어느 날, 커다란 나무 하나가 새까맣게 타올랐고 그 위로 빗방울이 떨어졌다.

나는 흉측하게 변한 나무를 쳐다보지 않았고 나무는 곧 얼어 붙었다.

그때의 북극은 그저 한 점에 불과했다.

해가 닿지 않는 그곳은 차츰 넓어졌다.

비가 내릴 것 같으면 바람을 거세게 불어 전부 그곳으로 보냈다.

빗방울은 그곳에 닿자마자 눈으로 변했다.

나의 지구를 어지럽히는 이들을 그곳으로 보냈다.

그들은 곧 눈보라에 파묻혀 사라졌다.

더럽고 추악한 기억들, 미움과 욕망과 분노 같은 것들을 그곳으로 보냈다.

그것들은 뒤엉킨 가시덩굴처럼 날카롭게 얼어붙었다.

그곳이 조금이라도 녹아내리면 마음 전부를 차게 두었다.

냉기가 스멀스멀 바깥으로 삐져나와도 개의치 않았다.

보지 않으면 그만이었다.

있어도 없는 곳. 더는 존재하지 않는 것들이 있는 곳.

늘 푸르고 아름다운 나의 에덴을 지키기 위해,

검은 북극은 더욱 추워지고 단단해졌다.

나는 나를 지켰다,

고 생각했다.

오랜 평화를 유지하던 나의 지구에서,

이제는 빙하로 뒤덮인 검은 북극에서,

뿌리부터 타올랐던 최초의 그 나무에서부터

화산 폭발이 있었고,

검붉은 용암이 흘러나왔고,

수년에 걸쳐 비가 내렸고,

나의 지구는 사방이 물에 잠겼다.

녹아내린 빙하에서 온갖 것이 수면 위로 떠올랐다.

썩지 않은 그것들은 새것처럼 온전한 채로 나를 괴롭혔다.

마음은 그것들이 전부 잠길 때까지 더 많은 비를 쏟았다.

마음을 통째로 얼릴 수는 없었다.

겉이 잠시 얼다가도 파도에 금세 부서졌다.

몇 번의 폭발이 더 있었고 그때마다 비가 내렸다.

할 수 있는 건 아무것도 없었다.

비가 멈추고,

육지가 드러나기까지 다시 수개월이 걸렸다.

이끼가 끼고 만물이 썩은 나의 지구에선 퀘퀘한 냄새가 진동
했고,
눈 뜨고 볼 수 없는 것들이 나뒹굴었다.

이 지구는 망했어.
없어지는 게 낫겠어.

그러나 비참하게도, 더는 폭발할 힘도 남지 않았다.
병들어 썩어가며 아파할 수밖에 없었다.
한참이 흘렀다.
썩은 것들은 양분이 되어 싹을 틔웠다.
푸른 이파리들이, 하나둘 여기저기서 난데없이 자랐다.
꽃을 피우고 싶어졌다.
어쩌면 열매를 맺을지도 모른다.
적당한 온도와 습도를 유지하려 애썼다.
소중한 사람들을 가장 따듯한 곳에 두었다.
나에게는 이토록 더러운 지구가 있다고 보여주어야 했지만,
그들은 나의 지구에 나무를 심고 집을 지었다.
'나에게는 아주 검은 북극이 있어.'

홍수 속에도 다 녹지 않은 빙하를 가리켰지만

누구에게나 북극은 있다고 내게 알려주었다.

나의 지구는 홍수 이전으로 돌아갈 수 없을 것이다.

죽어가는 것과 태어나는 것이,

더러움과 아름다움이,

추악함과 순수함이 뒤섞여 나름의 장관을 이룬다.

검은 북극이 조금 덜 추워진 건

더는 에덴이 존재하지 않기 때문일지도 모른다.

한 사람의 마음은 하나의 지구다.

그리고 어김없이,

북극이 있다.

∞ 햄릿_언젠가 한 번쯤은 북극에 가고 싶어요.

언젠가,
망한 원고

김 겨 울

가끔 조금

〈책장위고양이〉 시즌2를 모집하는 페이지에서 정지우 작가가 쓴 '김겨울 추천 글'을 보자마자 생각했다. 음. 첫 글은 왠지 약간 망한 원고가 될 것 같다.

"삶을 한 계단 한 계단 밟아나가는 듯한 정갈한 정서와 단단한 사유에 기반을 둔 그의 글쓰기는 확실히 '믿음'이라는 단어와 어울린다."

나는 이미 '언젠가, 고양이'라는 주제를 두고 내게 고

114

양이 알레르기가 있다는 그야말로 청천벽력 같은 소식을 전하며 집먼지진드기와 고양이 사이의 불합리한 유사성에 대해 토로한 뒤였다. 정갈한 정서… 단단한 사유… 하다못해 복숭아 알레르기라도 있었으면 단단한 알레르기라고 변명이라도 했을 텐데 그러기에 먼지는 너무 더러웠고(정갈치 못하게) 고양이는 너무 흐물흐물했다(단단치 못하게).

물론 정지우 작가가 나의 글을 이렇게 평한 데에는 다 이유가 있다. 그간 정지우 작가가 봐온 나의 글은 실로 정갈하고 단단하다 못해 손으로 슥 훑으면 먼지 대신 젯소 가루가 나올 만한 글이었다. 몇 날 며칠, 때로는 몇 년 동안 고민한 것들을 잘 늘어놓고 빡빡 사포질을 해가며 글을 쓴 다음 땀 흘리며 젯소를 발라내는 것이 나의 유구한 글쓰기였기 때문이다. (사실 요새 쓰고 있는 책이 그러한 책이고 이 연재에는 그 책의 반작용 같은 글을 쓰고 있다.) 그러니 정지우 작가의 추천사가 거짓에 기반했거나, 성의 없이 쓰였거나, 내 글을 한 편도 읽어보지 않은 채로 작성된 것은 절대 아니라고 장담할 수 있다. 이 장담은 단순히 정지우라는 작가에 대한 신뢰에만 기대고 있지는 않다.

사실 나는 지금 정지우 작가를 '정지우 작가'라고 써놓고 혼자 약간 웃었는데, 일단 '정지우 작가'라는 호칭이 아직도 익숙하지 않을뿐더러 '정지우 선배'라고 부르는 것마저 나에게는 낯설기 때문이다. 나는 스무 살 때부터 지금까지 정지우 작가를 '찬우 선배' 내지는 '찬우 오빠'라고 불러왔다. 지금 내가 서른 살이니까 10년간 겉으로든 속으로든 불러온 호칭이다. 아마 정지우 작가도 나를 '김겨울 작가'라고 부르는 것이 그만큼 어색하지 않을까 짐작하고 있다.

　　내가 스무 살 때 정지우 작가는 스물넷이었다. 그리고 대학교의 같은 반 선배였다. 선배는 그 당시에 반에서 작은 독서모임을 운영하고 있었는데, 정확한 이유는 기억나지 않지만 아마도 당시에 친했던 사람들의 권유로 그 모임에 들어갔던 것 같다. 그때 선정된 책도 기억난다. 필립 로스의 『에브리맨』. 이것 말고 다른 책은 전혀 기억이 안 나는 걸 보면 책을 대충 읽었거나 안 읽고 그냥 술 마시러 참석했던 것 같지만.

　　선배는 늘 뭔가를 읽거나 뭔가를 썼다. 그것밖에는 안 하는 사람처럼 보였다. 아르바이트를 하지 않으면 돈이 없고 아르바이트를 하면 시간이 없어서 미치고 팔짝 뛸 노릇이었던 나는 선배가 너무 부러웠다. 너무 부러워서 오장육부로 줄넘기를 할 수도 있을 것 같았다. 이따금씩 블로그에 올라오는 글을 보면서, 도대체 나는 언제 저런 고요한 삶을 살 수 있나, 오로지 읽고 쓰는 삶, 거기에만 열중할 수 있는 간결한 삶을 죽기 전에 내가 가지기는 할 수 있나 의심했다. 선배가 글에서 생략한 삶의 어떤 파편들이 있겠지만, 이제 와 생각해보면, 선배는 내가 대학에서 만난 사람 중 유일하게 진지하게 부러워했던 사람이다. (이 문장에서 선배의 문체를 약간 따라해보았다.)

이렇게 유명한 베스트셀러 작가가 될 줄 알았으면 좀 더 많이 만나서 술을 마신 다음에 이런 원고에서 야금야금 털만 한 흑역사를 적립하는 거였는데. 내가 가진 선배의 과거라고는 읽어봐달라고 메일로 몇 번 보내준 소설 습작밖에는 없다. 그때 좀 더 꼬박꼬박 감상을 전해줄걸… 그래서 파일을 좀 더 차곡차곡 쌓아볼걸….

그때의 습작은 정지우 작가에게 망한 원고일까? 스물넷의 나이에 열심히 쓰던 그 글이 정지우 작가에게 어떻게 남아 있는지는 모르겠지만, 분명한 건 그때 그의 삶과 삶을 사는 태도는 내가 도달하고자 했던 곳 언저리에 있었다는 것이다. 그러니까 그때 썼던 원고가 망했는지 어쨌는지는 이제 와서는 별로 중요하지 않게 되었다는 것. 어쨌든 정지우 작가도 나도 뭔가를 계속 써왔고 계속 쓰고 있고, 둘 다 생각지도 못한 방식으로, 망한 원고들을 무수히 흩뿌린 역사를 꾸역꾸역 쌓아서 작가가 되었다는 것. 작가란 원래 망한 원고 위에 짓고 부수고 짓고 부수는 성 같은 것이니까, 아무래도 상관없을 것 같다.

다들 그런 식으로 무언가가 된다.

하고, 하고, 또 하고, 또 해서 안 되고, 안 되고, 안 되고, 가끔 조금 된다. 가끔 조금 된다는 게 사람을 환장하게 만드는 점이지만 그래도 대개 그런 것 같다. 지금 이 자리에서 글을 쓰고 있는 사람 모두 아마 그런 식으로 가끔 조금 무언가가 된 사람.

무엇인가를 사랑하다 박탈당하고, 무언가에 열중하다

가 중단당하기를 반복하며 유일하게 성실하게 쌓아온 게 있다면 그건 망한 원고였다. 정말 '망했다'는 의미에서 망한 원고가 아니라, 언제나 그 결과물에서 더 나아질 수 있었다는 점에서. 아직도 매번 아쉬워하고 부끄러워하며 글을 쓴다. 작가로서의 자존심도 없는 게 아니냐고 묻는다면 나는 할 말이 없다. 하지만 왠지 나는 여전히 그곳에 있지 못하는 것만 같다. 그곳, 언제나 꿈꾸는 그곳, 음소와 의미가 모두 제자리에, 있어야 할 곳에 있는 그곳. 그래서 아직도 '안 됨'과 '가끔 조금 됨' 사이를 데굴데굴 구르고 있다. 오르는 것 같으면 굴러떨어지고, 또 굴러떨어지고… 어떻게 하나 우리 사랑은 빙글빙글 돌고…. 하지만 하고 하고 하고 있고, 그거면 된다.

선배가 부러워 죽을 것 같았던 청소년 김겨울(청소년기 본법에 따른 법적 청소년은 만 24세까지다)은 읽고 쓰는 삶으로 진입했다. 부러움은 가신 지 오래됐다. 그 난리통 속에서도 '정갈'과 '단단'이라는 말을 선사받을 수 있을 만큼 착실하고 단정하게 써왔다는 것이 나의 자랑이기 때문에.

그래서 나는 망한 원고를 빙자하여, 정갈하고 단단한

글을 쓰는 김겨울 자아1을 책 쓰는 데에 맡겨놓고 여기에 정지우 작가의 추천 글을 변명하며 그와의 인연을 만천하에 소개하는 작가로서의 지면 남용을 저지르고 있다. 뭐, 정지우 작가 때문에 생각난 주제니까 — 이 주제는 내가 제안한 주제다 — 정지우 작가와 관련된 이야기로 지면을 채워도 괜찮을 것 같았다. 이 글도 언젠가의 망한 원고로 남게 될까? 그렇게 된다고 해도 어쩔 수 없는 일이다. 왜냐면 주제가 '언젠가, 망한 원고'니까.

∞ 겨울_이 글을 읽으시는 분들은 가끔 조금 말고, 자주 많이 되시길.

박종현

쓰는 몸

이종열 선생의 산문집 『조율의 시간』에는 그가 일생에 걸쳐 손과 해머, 바늘로 매만진 피아노들의 이야기가 나온다. 피아니스트의 요구에 맞추어 행한 명장의 미세한 손짓 하나, 혹은 몇으로 인하여 건반 일부 혹은 전체가 이전보다 부드럽거나 쨍쨍한, 따뜻하거나 차가운, 어둡거나 밝은, 무겁거나 가벼운 소리를 내게 되는데, 어떤 경우는 다른 손짓을 통해 조율 이전의 소리로 되돌릴 수 있지만 아닌 경우도 있다고 한다. 그래서 때로는 조율 이후 피아노의 삶이 통째로 바뀌는 일들이 생겨난다. 예술의전당 피아노 보관실에 지금도 있을 한 피아노의 운명이 그러했다. 지극히 어둡고 부드러운 소리를 요구한 두 명의 연주자를 거치며 되돌릴 수 없을 만큼 소리가 '주저앉아,' 그 뒤 일반적인 독주에서는 물론이고 오케스트라 편성에서조차 쓰이기 어렵게 되었다는 것이다.

소리의 결이 시대의 취향이나 장르 선호에서 멀어졌다는 이유로 선택받지 못하는, 그래서 무대 위 작품으로 더 이상 화하지 못하는 자기 몸의 소리들을 소리 없이 바라보는 피아노를 생각했다.

*

요즘 유독 부어오른 오른쪽 엄지 두덩 여기저기에 침을 맞았다. 오늘이 두 번째였다. 한의사 아저씨는 엄지에서 전완부까지를 저녁마다 온찜질하라고 말하고는, 이렇게 덧붙였다. "안 써야 되는데, '키'타를 안 칠 수 없다니까 뭐 어쩌겠어. 칠 땐 치고 딴 때는 최대한 쓰지 말어." 기타로 그냥 소리만 내서는 안 되고, 적어도 '못 친 연주'라는 소리를 안 들을 정도는 해서 '돈값'을 해야 하는, 그런 생활을 한 지 10년 조금 넘었다. 십수 년 전 어느 새벽 당직사관이 깨워 내려간 사무실,

졸음 속에서 칼로 뭔가를 자르다 왼손 엄지와 검지에서 피가 솟구치는 걸 볼 때 제일 먼저 든 생각이 '악기 더 이상 못하게 되면 어떡하지?'였던 게, 그런 생각부터 하는 스스로를 어처구니없이 바라보며 옆 부대 의무대로 실려 갔던 게 떠올랐다. 조율사의 바늘처럼 꽂히는 침들을 느끼면서, 내 손이 되돌아갈 수 있기를, 적어도 밥줄이 될 수 없을 만큼 '주저앉지'는 않기를 빌었다.

*

4년 전 봄날, 휴가를 내어 제주도로 간 건 몇 줄의 글을 쓰기 위해서였다. 몇 줄의 글이란, 준비하던 음반의 마지막 트랙 가사였다. 다른 아홉 곡은 완성되어 있었다. 독립적인 트랙으로 의미가 있으면서 앨범의 서사 속 에필로그도 될 수 있는 곡 하나를 쓰고 싶었다. 어떤 가사는 몇 분 안에 덩어리지지만, 또 어떤 글은 초고의 기준을 통과하지 못한 채 이미지로 되돌아가 다시 수년씩 묵혀지기도 한다. 묵힌 것들 중 이번을 위해 꺼낼 것은 없어 보였다. 정해둔 녹음 시기는 빠르게 다가왔다. '한 곡, 한 곡만 쓰고 오자.'

사흘 반이 있었다. 가장 좋아하는 모슬포의, 늘 가던 게스트하우스에 갔다. 어디를 보거나 무엇을 먹으러 찾아가는 일은 생각조차 하지 않았다. 숙소를 나와 몇 분 걸으면 바다가 나왔다. 횟집과 바다 사이를 걷다 보면 수협 공판장이, 거길 넘어가면 항구가 나왔다. 배가 드나드는 걸 보다가 되돌아왔다. 하루에 몇 번을 반복했다. 남은 시간에는 횟집 중 하나, 혹은 그 사이 커피숍에 앉아 있었다. 멸치 잡는 동네 친구와 커피 한 번 마신 것 외엔 혼자였다. 사흘째 오후엔 항구를 떠나야 하는데 아침까지 한 줄을 쓰지 못했다. '그래, 못 쓰겠으니 뭔가 받아서라도 쓰고 싶었던 게지,' 생각했다. '그리고 아무 것도 받지 못한 거고.' 언제쯤 일어날까 고민하며 빈 커피 잔을 바라보는데, 밖에서 한 어린이가 외치는 게 들려왔다. "엄마, 아빠, 바다 조금만 더 구경하면 안 돼요?" 머리에서 어떤 소리가 났다. 그렇게 초고가 받아 적혔다. 후에 "포구를 떠날 때"란 제목의 노래가 되었다.

그 어린이가 내 이마 속 어딘가를 눌러 땅땅, 소리 내어주지 않았다면, 나는 몇 분 후 스스로를 닫고 조용히 돌아왔을 것이다. 다시 여는 데 꽤 많은 망설임이 필요했을지도 모른다. 위험천만한 여행이었고, 다행이었다.

*

보관실의 피아노를 생각한다. 작품에, 연주자에, 공연에 맞는 아름다운 소리를 위해 끊임없이 스스로를 아낌없이 변화시키다 요즘 트렌드에 어울리지 않는, 혹은 장르적 기준에 더 이상 맞지 않는 소리를 내는 몸이 된 피아노의 생을 생각한다. 서툴러 부끄러운 글을 쓸지언정 허튼소리, 되도 않는 문장들을 원고랍시고 써대지 않는, 그래서 태작이 없는 과작의 글쟁이 같다고도 생각한다. 조율사와 함께 계속 침묵 속에서 자신을 형형히 돌보며, 수십 년 후 어느 피아니스트와 만나다시 꺼내게 될 소리를 단련하고 있다고 생각해본다. 글과 글, 노래와 노래 사이의 시간마다 나를 잘 돌봐야겠다고 중얼거려본다.

∞ 종현_"남겨도 되고 그냥 가도 되는 / 그의 노래와 주머니 속 수첩만이 / 뭔가를 기다리고 있었고 / 그리고 그 때에도 / 새들은 노래하고 있었지"
- 김목인, 〈그가 들판에 나간 건〉 중에서

이묵돌

나는 전혀 망하지 않았다

내게는 망한 원고가 없다.

　나중에 보니 놀라울 정도로 못 쓴 글들은 있지만, 쓰고
나서 '젠장, 망했다' 같은 생각이 드는 글은 없었다. 내 자존감
이 하늘을 찌를 정도로 높아서, 주제도 모르고 오만방자한 사
람이라서가 아니다.

　오히려 반대다. 무릇 실망하려면 무언가 기대하는 바
가 있어야 하는데, 나는 나 자신에게 기대하는 것이 거의 없기

때문이다. 내가 쓰면 뭐 얼마나 대단한 글을 쓴다고 기대씩을 하나? 나는 그냥 완성이나 하면 다행이고, 그래서 원고료나 안 떼이고 잘 받으면 그걸로 알이즈웰이다. 뭐 내 이런 방식이 누군가에겐 천박해 보일 수도 있을 것 같다. 그래도 어쩔 수 없다. 천박한 주제에 고상한 척이나 하는 것보단 이쪽이 조금이나마 낫다는 생각이다.

그러니까, 자신이 내놓은 결과물을 보고 '망했다'고 생각하는 것은, 무엇보다도 스스로에 대한 기대 때문이다. '내 원래 실력대로라면 이 정도는 나와줘야지' 하는 생각이 아주 조금이나마 기저에 깔려 있으니까, '내가 열심히 쓴 글이 겨우 이런 수준이라니!' 하고 충격을 먹는 것이다. 가령, 집에서 가끔 라면이나 끓여 먹는 사람이 어느 날 자신의 요리에서 5성급 호텔 수준의 풍미를 기대한다면, 정말이지 양심이 없는 걸 넘어서 그 자체로 웃긴 일 아닐까. 하물며 나는 라면조차 잘 끓였을 때와 못 끓였을 때의 차이가 현저한 인간인데.

어렸을 때부터 어머니에게 가장 많이 들었던 말 중 하나가 "네까짓 놈이 뭘 할 수 있겠냐"였다. 딴에는 정신 좀 차리라고 하신 말씀이었겠지만, 듣는 자식 입장에선 상처가 되는 것도 사실이다. 그래서인지 몰라도 나는 내가 뭐든지 잘할 수 없을 거라는 생각을 기본으로 깔고 살았다. 누군가를 앞서 나가기는커녕, 더도 말고 덜도 말고 딱 중간만 하자는 주의였다. 그 중간이라는 것조차 엔간히 노력하지 않으면 다다를 수 없다는 것도 잘 알았다.

뭐 그렇다고 정신을 차려서 아주 열심히 살았다, 는 건 정말 헛소리다. 하지만 무엇이든 평균쯤은 해보겠다며 시도는 많이 했다. 나야 어떤 분야에서든 천재는 못 될 테니까. 일단 적당히 할 줄 아는 정도로만 익혀두자고 생각했다. 그래서 공부든 운동이든 특출나진 않아도 그럭저럭 봐줄 만큼은 했던 것 같다.

그러다 처음으로 나 자신에게 기대 비슷한 걸 하게 된 것이 바로 야구였다. 사실 야구도 전부는 아니고 공 던지는 것만 잘했다. 나는 — 지금에야 좀 나아졌지만 — 학창 시절만 해도 턱걸이 한 개, 팔굽혀펴기 하나도 제대로 못 할 만큼 비리비리한 신체 조건을 갖고 있었다. 팔씨름을 해서 이긴 적이 거의 없었고, 청소 시간 책상도 제대로 못 들어서 선생님께 야단을 맞기도 했으니 평균을 밑돌아도 한참을 밑도는 수준이었다.

그럼에도 불구하고 야구공만큼은 잘 던졌다. 따로 배운 적도 없는데 처음부터 꽤 괜찮게 던지는 편이었고, 요령을 좀 알고 나니까 금방금방 속도가 붙었던 것으로 기억한다. 물론 빠르게 던지는 것과 정확하게 던지는 것은 좀 다른 차원의 문제지만…. 가끔 친구들과 캐치볼이나 하던 게 전부였던 고등학교 1학년 시절 시속 110킬로미터의 공을 뿌릴 수 있었다는 건 내 유일한 자랑거리이자 자부심이었다. 사회인 야구를 몇 년씩 하고도 100킬로미터가 채 안 나오는 사람이 대부분인데. 정말이지 아주 어렸을 때부터 정식으로 교육을 받았다면, 중고교 야구부에 들어갈 만큼의 가정 형편만 됐다면 프로 선수가 될 수 있었을지도 모르겠다는 생각도 했다. 하기야 착각은 자유니까.

그렇게 대학생이 돼서 처음으로 야구 동아리에 들어갔다. 거기서도 공이 나보다 빠른 사람이 없었다. 워낙 영세한

동아리라 선수층도 얇았고, 신입생에게 기회도 주자는 의견이 나오면서 첫 경기부터 선발투수를 맡았다. 나는 뭐, 솔직히 말해 당연한 결정이라 생각했다. 내가 투수를 하지 않으면 누가 투수를 한단 말인가. 당시의 내 걱정이라곤 밤늦게까지 알바 뛰느라 경기 당일에 늦잠을 자진 않을까, 첫 경기부터 완봉이나 노히터를 기록해서 회장 형이 졸도하지나 않을까 하는 것이었다. 정말, 지금 생각해보면 다른 데서 내세울 것이 너무 없던 나머지 인간이 홱 돌아버린 건 아니었나 싶다.

결국 나는 첫 경기부터 엉망진창으로 깨지고 패전투수가 됐다. 비록 연습 경기이기는 했지만, 볼넷이며 실점을 몇 개나 내줬는지 2회쯤 돼서는 헤아리는 것도 포기했다. 심지어 한두 개는 타자를 맞히기까지 했다. 마운드에서 몇 번이고 모자를 벗어 사과했다. 이렇다 보니 어느 순간부터 손발이 바들바들 떨리는가 하면, 투구 동작도 제대로 못 해 보크까지 저질렀다. 회장 형은 나를 조기 강판 시키면서, 처음이니까 어쩔 수 없고 잘했어, 하며 졸업반이었던 선배를 구원투수로 올렸다. 선배는 100킬로미터도 안 되는 공으로 남은 아웃카운트를 실점 없이 전부 막아냈다. 실로 잔혹한 데뷔전이었다. 비단 야구뿐 아니라 첫발을 내디던 사회가 내게 말을 걸었다. 그래, 그래서 너한테 무슨 재능이 있다고? 네까짓 놈이 뭘 할 수 있는데?

내 입으로 말하기 부끄럽지만, 글로 밥을 벌어먹게 되면서 두세 번쯤 글쓰기 강연 같은 걸 나간 적이 있다. 내가 뭐쓰면 얼마나 잘 쓴다고, 나 따위가 남을 가르칠 입장이 되나 했었는데… 막상 가보니 세상에는 글쓰기를 어려워하는 사람이 정말 많았다. 머릿속에 생각은 많은데, 정작 자리에 앉으면 뭘 어떻게 써야 할지 감이 하나도 안 잡힌다는 것이다. 난 이 비슷한 얘기를 몇 번이고 들으면서, 그들에게 필요한 것이 보기에 그럴듯한 단어나 얼개를 짜는 테크닉 같은 게 아니라는 확신이 섰다.

살다 보면 누구나 조금씩 실수를 하기 마련이다. 어떤 실수는 눈치채지 못할 만큼 사소한 한편, 감당할 수 없을 만큼 커서 영영 되돌릴 수 없을 것처럼 보이는 실수도 있다. 그러나 우리는 그런 크고 작은 실수들을 다 끌어안고 걸어가야 한다. 한번 뱉은 말, 저지른 행동, 흘러간 시간은 절대로 되돌아오지 않으며, 처음부터 없었던 것으로 만들 수도 없기 때문이다.

가만 보면 글쓰기도 비슷하게 생겨먹었다. 다만 차이가 있다면, 인생과 달리 글은 나중에 지우고 고칠 수 있다는 점일 것이다. 이건 단점이기도 하고 장점이기도 한데, 적어도 망한 원고가 될까 봐 끝까지 쓰지 않을 이유는 없어 보인다. 내게 있어서 망한 원고란 완성해보니 수준이 낮고 너무 못 쓴 글이 아니라, 그렇게 될까 봐 무서워서 시작도 완성도 못 한 생각들이다. 잘되든 못되든 일단 던져야 한다. 게임은 투수가 공을 던질 때 비로소 시작되므로.

오래전 헤밍웨이가 피츠제럴드에게 말했다. "소설을 쓰는 방법은 오직 한 가지밖에 없어. 그 빌어먹을 결말까지 쉬지 않고 곧장 써 내려가는 거지…."

내겐 원고도 마찬가지다. 크고 작은 결함은 내 힘으로 어쩔 수가 없다. 결국엔 끝까지 던지는 것만이 망하지 않는 유일한 방법이다. 오늘 져도 내일 도전할 수 있다면 패배한 것이 아니다. 누구 말마따나 인간은 패배하도록 태어나지 않았고,

나는 전혀 망하지 않았다. 못 썼을지언정 계속 쓰고 있으니까.
바로 지금, 지금 이 순간까지도.

　　사족이지만, 나는 그 뒤로도 쭉 야구를 계속하고 있다.
포지션은 여전히 투수인데, 전처럼 구속만 믿고 아득바득 안
간힘을 써서 던지진 않는다. 가급적이면 힘을 빼고 적당히, 등
뒤에 있는 야수들을 믿고 정확하게 던지는 데 초점을 맞춘다.
얼마 전에 있었던 경기에선, 포수로 내 공을 끝까지 받았던 친
구가 "야, 너는 좋은 투수야" 하고 말해왔다. 확실히 난 그날
괜찮게 던졌다. 볼넷도 주고, 실점도 했지만, 결국엔 이겼다.
승리투수였다.

제 리

새라는 가능성

어제 본 구름이 기억나지 않았다. 담벼락에 누운 고양이의 자세이기도 했고, 입술 모양으로 오물거리는 뭉게구름 같기도 했지만, 정확하게는 기억나지 않았다. 이름은 매일같이 하늘인데, 날마다 다른 하늘이었다. 가능성이라는 말이 싫었던 이유도 그쯤 있었던 것 같다. 언젠가 다 잘될 거라는 그런 말들이 미웠고, 결국엔 사라질 구름들이 왠지 '나' 같았다. 그땐 나라는 가능성마저 천천히 흩어지는 기분이었다. 눈만 뜨면 마음부터 바빴고, 무서운 마음이 자랄 것 같으면 자세부터 고쳐 앉곤 했다.

학교에 남은 이유도, 내가 바라는 것도 딱 하나뿐이었는데 그게 참 어려웠다. 한 번쯤 주목받고 싶었을 뿐인데 해를 넘길수록 그곳에 가는 길이 멀게만 느껴졌다. 이제는 진짜 마지막이라고 생각한 20대의 마지막 해, 집 근처 커피숍으로 매일 출근을 했다. 가능성은 가능성일 뿐이라고 더는 나에게 속지 말라고 소리치며 날마다 글을 썼다.

종이는 찢어지는 기분을 알까? 어제 쓴 원고를 벅벅 찢으며, 종이의 기분에 대해 생각하는 시간들이 잦았다. 종이는 나무였던 순간을 기억할까? 이런 생각을 하며 하루를 다 보낸 적도 많았다. 마음에 드는 글을 쓰는 일보다 버려야 할 문장들을 고르는 게 더 어려웠다. 그런 날에는 곧장 집으로 가지 않고 멀리 돌아가곤 했다.

창밖은 환한데, 바깥을 바라보면 슬며시 마음 한군데가 차가웠다. "너 계속 그러다간 더울 땐 더운 곳에서 일하고 추운 날엔 더 춥게 일하게 된다"고 다그치던 친구를 떠올리며 애써 웃어봤지만, 한쪽 입꼬리는 늘 같은 자리였다. 그렇게 날마다 빠지지 않고 커피숍을 갔다. 출근하는 친구들처럼 알람도 맞추고 늘 같은 자리에 앉았다.

반나절 동안 같은 글을 수십 번 고치고 나면 눈이 아파왔지만 진짜 아픈 곳은 따로 있었다. 잘 차려입은 사람들이 한꺼번에 쏟아져 나오는 점심시간이 되면 아직 완성도 못 한 글은 내버려둔 채, 보고 싶은 이름들을 또박또박 눌러 담았다. 올해는 꼭 고마웠다고, 감사했다고, 사랑한다고, 덕분이라고. 실컷 고백해야지 생각하고 나면 제법 오래 웃을 수 있었다.

새라는 가능성

창살에 부딪치는 신음이 때론 새보다 멀리 날 수 있다

정점도 찍지 못하고 내려앉아
좁아진 하늘을 말아 쥔 새 몇 마리
제 온도를 뭉쳐 새장 밖으로 자신을 던진다

새들의 입김이 풀풀 날았고

구름과는 다른 방식으로 부옇게 뜬 하늘
우리의 새장엔 알 수 없는 일들이 많아
날지 못하는 새들을 보며
나도 어딘가에 길들여진 거라 믿었다

바람 한 스푼 퍼 먹이고 싶은 저녁
새장을 끌어안고 그네를 타면
오물거리던 부리와 덩달아 퍼덕이는 날개들
새들이 서로의 깃털을 비벼 공중에 걸어놓고
새장 구석구석 바람을 바르네 휘파람을 부네
벽지가 생기고 나니 여기도 제법 스스로 들어간 집 같았지만
공중을 붙잡은 채 말라버린 잎사귀를 기억해
섬세하게 흔들리다 쳐다보다
어느새 새들이 시들었다

우리는 공중에 박혀 흔들리는 그네 위에 앉아 있다
바람 묻은 발끝으로 동그라미 같은 문도 그렸다
저 문을 열고 새들이 날아갔으면 좋겠어
발 디딜 곳 없어 새처럼 종종, 걸으면 무릎이 아팠고

바람은 스스로 흔들릴 때만 새들의 무게를 나눠 갖는다는데
아직 구름도 품지 못한 나의 새장에서
새들을 물고
새라는 가능성이 높이 날았다

*

꽤 오랜 기간 등단을 꿈꿨었다. 잠시나마 주목받는 기분도 느껴보고 싶었다. 벌써 수년 전 일이다. 나라는 가능성에 기대를 해보기도 했지만, 어디에도 내 자리는 없었다. 마지막이라고 생각하고 글만 쓰던 스물아홉 살 그해. 앉은 자리에서 그날의 기분을 다 보내고 나서야 집으로 돌아가곤 했다. 마음에 드는 글을 쓴 날이면, 괜히 친구에게 전화를 걸곤 했다.

「새라는 가능성」이란 시는 내가 마지막으로 투고했던 시들 중 하나다. 너무 여러 번 쳐다보면 행여나 닳아버릴까 봐. 그러면 올해도 또 닿지 못하고 주저앉을까 봐. 나보다 더 아껴가며 다듬던 문장들이 그땐 꽤 있었다. 누군가를 꼭 안는 마음으로 글을 썼지만, 감사한 사람들에게 고마움을 전할 기

회는 끝내 오지 않았다.

딱 한 번의 주목을 원했을 뿐인데, 지금 생각해보면 그런 마음을 가진 내가 그런 마음으로 글을 썼기에 될 수 없었다고 생각한다. 여전히 내게 '망한 원고'는 그때 내가 무책임하게 기댔던 가능성이고, 끝내 이름도 없이 사라진 시들이다. 미안했던 내 시들 중 하나를 이렇게 세상 밖으로 보내줄 수 있어서 너무 감사하지만, 한편으로는 오래도록 망한 이 글을 영문도 모르고 읽어버린 당신에게 미안한 마음이다. 그리고 진짜 고맙다고 정말 감사하다고 말하고 싶다.

∞ 제리_ 우리의 '좋은 날'은 남들과는 다른 방식으로 오고 있을 뿐, 조금 늦더라도 언젠가는 꼭 올 거라고 말해주던 친구들. 오늘은 모두 다 그 친구들 덕분입니다.

핫펠트

[;''''''''·········.,=45

이번 편은 망했다.

　아 쭉쭉 망했다. 계속 망해왔다. 그중에 제일 망했다. 맨 위의 알 수 없는 기호들은 내가 쓴 게 아니다. 내가 맥북을 열어놓은 채 멍을 때리기 시작하자 봄비가 나를 대신해 키보드를 두들겼다. 지우고 써야 맞겠지만 뭔가 아쉽다.

　봄비의 첫 글(?)이니까, 첫 문장이라는 표현이 맞겠다.

아 참, 봄비는 내가 키우는 고양이다. 나는 니뇨(8세, 포메라니안)와 아모(4세, 장모 치와와), 그리고 봄비(3개월 추정, 고등어 태비)와 살고 있는데, 이 셋은 각자 너무나 다른 성격을 가지고 있다.

MBTI로 보자면 니뇨는 ENFP — 똥꼬발랄 분위기 메이커. 세상 모든 사람들이 자신을 사랑한다고 믿으며 자기한테 관심을 주지 않는 인간을 만나면 당황한다. 한강에 나가면 두 시간 동안 스무 개가 넘는 모든 돗자리에 가서 귀염을 독차지한다. 모든 인간, 모든 동물, 모든 생명체를 사랑하고 예뻐한다. 세상은 아름다운 것들로 가득하다고 믿는 초긍정왕이다.

아모는 ISTJ — 걱정 많은 보수주의자. 산책하러 나가자고 하면 소파 밑으로 숨어버리지만 막상 두고 가려고 하면 재빨리 문 앞으로 쫓아 나온다. 낯선 개를 보면 무조건 짖고 본다. 사람들이 좋지만 엄마가 제일 좋고 엄마 사랑 조금 받고 나면 혼자만의 공간이 제일 좋다. 니뇨와 봄비가 싸울 것 같으면 왕! 하고 군기를 잡는다. 세상에 믿을 수 있는 건 엄마뿐이고 엄마가 안전하다면 나도 안전하다고 믿는 엄마 바라기, 안

전주의자.

봄비의 MBTI를 알려면 조금 더 데이터가 필요하겠지만 추정은 INTP — 관찰하고 분석하는 똑똑이다. 아직 애기라서 그런지 E의 성향으로 비춰지기도 하나 낯선 이가 오면 일단 몸을 숨기고, 선관찰 후애교를 부릴 때까지 대략 10분 정도가 소요된다. 멍청한 짓은 하지 않으며 만만해 보이는 사람(혹은 개)만 괴롭힌다. 그 괴롭힘은 친해지고자 하는 관심 표현이다. 호기심이 강하지만 무작정 덤비지 않고 원리를 파악하는 지성파.

셋을 지켜보고 있자면 애니메이션 〈인사이드 아웃〉 속의 기쁨, 슬픔, 까칠이 같다. 각자 나름의 방식으로 나를 닮았는데, 그들이 우리 집에 온 시기와 연관이 있는 것 같기도 하다. 니뇨를 데려온 2012년엔 나는 초긍정왕 에너자이저였고, 아모가 온 2016년 후반부터 17, 18, 19년도는 극도의 우울감에 허덕이던 때였다. 봄비가 등장한 2020년, 그러니까 지금은 나를 먼저 생각하자는 개인주의 성향이 강해진 시기다. 이 셋이 그때그때의 나를 닮아간 건지, 내가 나를 닮은 아이들을 모은 건지는 알 수 없지만 아무튼 신기한 것이다. 이토록 다른 셋이 또 그럭저럭 어울려 잘 지내고 있다.

그래서, 다시 봄비의 첫 문장으로 돌아오자면,

나는 그녀가 아무 의미 없는 버튼을 눌러댔다고 생각하지 않는다. 왜냐면 그녀는 정말 정말 똑똑한 고양이다. 처음 우리 집 테라스에 나타나 울었을 때도, 새 주인이 될 것 같은 사람이 나타나자 자신이 원하는 주인의 무릎 위에 앉아버렸을 때도, 처음 합사를 하고 나서 아모는 건드리지 않고 니뇨만 괴롭혔을 때도 — 그녀는 다 계획이 있는 것이다.

첫 문장을 가져와보자.

"[;''''''''''……….,=45"

우선 대괄호로 시작한다. 그녀가 하고 싶은 말은 우리가 아는 언어가 아니기에, 대괄호로 시작한 것이다. 지금부터 내가 하는 말을 너는 못 알아듣겠지만 깊은 뜻이 있으니까 집중하고 여길 봐, 라는 메시지다.

다음을 보자. ";" 세미콜론. 쌍반점이다. 무슨 뜻인지 모르겠다. 네이버 사전을 보니 문장을 한번 끊었다가 이어서 설명할 경우에 쓰인다고 한다. 주로 예를 들어 설명하거나 설명을 추가하여 덧붙일 때. 그렇다면 그 뒤에 나오는 문장이 진짜 그녀가 하고자 하는 말이다.

그다음은 열 개의 작은따옴표. 열 개다. 정확하다. 역시 아무 말 대잔치가 아닌 것이다. 주로 속마음을 적을 때 쓰는 이 기호를 사용한 것은, 그녀는 내게 차마 하지 못한 말이 너무나도 많은 것이다. 작은따옴표 두 개가 하나의 문장이라고 봤을 때 그녀는 나에게 다섯 개의 문장으로 전하고 싶은 마음이 있었다. 그건 과연 무슨 얘기였을까.

그러고는 온점이 열 개. 또다시 열 개다. 이건 우연이 아니다. 서술, 명령, 청유 따위를 나타내는 문장의 끝을 맺을 때 사용하는 온점이다. 혹은 그녀가 의도한 건 말줄임표였을까. 공교롭게도 온점 세 개가 세 번, 그리고 마지막 하나의 온점. 그렇다. 그녀는 하고 싶은 말을 차마 다 하지 못하는 안타까운 마음을 말줄임표로 표현하고 끝맺음을 맺은 것이다.

그러나 다시 쉼표. 다양하게 쓰이지만 이 문장 속에서는 특별한 효과를 낼 때 끊어 읽는 곳을 나타내기 위한 장치로 쓰인 것 같다. 쉼표 뒤에는 앞의 기호 구성과 전혀 다른 과감함으로 반전을 맺는다.

"=45"

숫자에서 사용하는 등호를 과감히 응용했다. 그렇다면 이것은 은유법인가. 나도 가사를 쓸 때 자주 사용하는 방식이다. 나는 너의 시가(담배)라든가, 너는 나의 별이라든가…. 분명 이건 은유법이다. 봄비는 분명 천재다. 고양이 생애 3개월에 벌써 작문을 시작하다니. 그녀의 천재성에 소름이 돋는다.

그렇다면 45는? 갑자기 등장한 이 숫자는 어떻게 읽을 것인가…. 4와 5로 따로 읽을 것인가, 45라는 숫자로 한 번에 읽을 것인가. 아니면 '사오'라는 단어를 표현한 대치법인가.

네이버에 '사오'를 검색해보자. 대나무로 만든 베트남 목관악기? 는 아닐 것 같고. 백제 시대의 관리…도 아닐 텐데. 해왕성의 제11위성? 어쩐지 의미심장하다. 그리스 로마 신화에 나오는 바다의 님프 이름에서 유래되었다고 한다. 님프를 검색해본다. 님프는 자연에 깃든 정령들의 총칭이라 한다. 그렇다면 바다의 님프 사오는?

'구해주는 여자.'

바다의 님프 사오가 가진 뜻이다. 구해주는 여자라니. 그 수많은 님프들 중에서, 100명에 가까운 제각기 뜻을 가진 님프들 중에서, '사오'를 고르다니. 봄비는 나를 이 매주 수요일 찾아오는 마감의 압박에서 구해주려 한 것이다. 글이란 거 제대로 써본 적도 없으면서 감히 작가라는 타이틀을 달고 메일링 서비스에 멋모르고 덤빈 나의 오만함을 쉼표 속의 감춰진 말들로 조곤조곤 지적하면서도, '망한 원고'라는 주제에 아무런 경험 따위 없는 내게 영감이 되어주려고 메시지를 남긴 것이다…!

그렇다. 내가 써본 글은 일기(그나마도 네 줄 이상 안 씀), 편지(누구에게 쓰든 비슷한 내용), 대학교 교양 수업 때 낸 단편소설(엉터리 과제물), 그리고 정규 앨범을 내기 위한 몸부림으로 쓴, 다큐멘터리에 가까운 에세이집 『1719』가 전부다. 아, 〈책장위고양이〉 시즌2의 5신 「지켜보고 있다」, 6신 「언제였더라」, 그리고 내 기준 아직 발송되지 않은 「검은 북극」까지. 셀 수 있을 정도의 글을 썼고 퇴짜맞거나 글로 욕을 먹어본 경험도 없는, 아마추어라는 말도 벅찬 애송이인 내가 '망한 원고'란 과연 무엇인지 — 망한 책, 망한 음악, 망한 영화, 세상에 수없이 많은 망한 어떤 것들에 대한 얘기를 할 수 있겠으나 망한 원고는 일절 감이 안 오는 것이다.

다른 작가님들의 망한 원고 이야기에 아마 나는 공감하지 못할 것이다. 공감할 경험치가 없기 때문이다. 다만, 망한 원고라는 건 없다고 생각한다. 나는 초고가 좋다. 의식의 흐름대로 써 내려간, 다듬어지지 않은 날것의 이야기. 누군가의 초고를 본 경험이 많진 않지만, 완벽한 문장구조를 갖춘 흠 없는 글이 된다는 건 어느 정도 그만이 가진 모남이 갈려 나가는 일이 아닐까 종종 생각하기 때문이다. 이 또한 나의 부족한 경험이 만드는 어리석음일지 모른다.

시간이 더 흘러서, 나도 더 많은 글을 쓰고 더 좋은 책을 내고, 망하고 다시 쓰는 경험이 쌓이고 — 망한 원고가 무엇인지 알게 되는 날이 오길 기대한다. 봄비가 오늘 나를 구했듯, 나도 언젠가 나의 글로 누군가를 구할 수 있기를.

∞ 핫펠트_이번 원고는 망했고 다음 원고도 망할지 모르나 이번 생은 최선을 다해 살아야지 하고 다짐합니다. 합정에 있는 '문학 살롱 초고'에서 '아름답고 쓸모없기를'이라는 칵테일을 드시면서 읽어보시길 추천해요.

언젠가,
후시딘

김 겨 울

뜨거운 추상

- 그건 또 어디서 만들어 왔어?
- 음…. 모르겠는데요.

위 대화는 약 일주일에 한 번꼴로 PT 선생님과 내가
나누는 대화다. 위 대화에서 '그것'이란 내 무릎 언저리에 생
긴 멍을 뜻한다. 나는 일주일마다 무릎에 새로운 멍을 달고 나
타난다. 사실 무릎 근처에 생길 때도 있고 허벅지에 생길 때도
있지만 선생님은 무릎밖에 보지 못하기 때문에 거의 일주일
정도의 간격으로 저 말을 한다. 그리고 나는 늘 모르겠다고 답

한다. 진짜 잘 모른다. 선생님은 끌끌 혀를 찬다.

한번은 일하다가 일어나려고 의자를 뒤로 뺐는데 허벅지에서 푸른색도 아닌 짙은 노란색 멍을 발견한 적도 있다. 크기가 대충 주먹 반만 했다. 이 정도면 중상인데 왜 몰랐지? 하지만 정말 모른다. 별로 알았던 적도 없는 것 같다.

선생님과 필라테스를 하다가, 발을 거칠거칠한 끈에 올려놓고 엎드린 자세로 복근 운동을 하느라 양쪽 발목 앞부분이 대충 손톱 두 배만큼 횡당 찢어졌다. 피가 송골송골 맺혔는데 선생님은 발을 동동 구르고 나는 좀 따끔하다고 생각했다. 선생님이 몇 번이고 미안하다면서 습윤 밴드를 가져다가 붙여주었다. 붙이고 남은 밴드를 쓰라며 주었는데 며칠 갔다 말았다. 답답해서 떼어낸 자리에는 검은 흉이 졌다. 작년 초에는 난데없이 맹장 수술을 받았는데 병원에서는 퇴원한 뒤에 흉터에 바르라면서 흉터 전용 연고를 처방해줬다. 하루에 세 번인가 바르라고 했는데 한 이틀 바르고 말았다. 세 번인지 두 번인지도 기억 안 나는 걸 보면 애초에 바를 생각이 없었던 것 같다. 비싼 연고였는데 그냥 안 받을걸 그랬다. 지금도 배에 구멍을 뚫었던 자리들이 검다.

어렸을 때는 거친 발이 자랑이었다. 곳곳에 굳은살이 박인 발은 내가 춤추는 인간이라는 걸 증명했다. 춤추며 구르면 무릎에는 자동으로 멍이 생겼다. 어떤 시기에는 내가 살아 있는지를 확인하느라 스스로 피를 내기도 했다. 멍든 무릎과 피가 흐르는 피부가 문신처럼, 원래 거기에 있었던 것처럼 몇 번이고 몸 위를 물들였다 사라졌다. 멍이 어디서 어떻게 와서 어떻게 물러가는지 몰랐다. 피부가 어떻게 찢어지고 다시 붙는지는 잘 알았다. 멍은 몰라서, 상처는 알아서 신경을 안 썼다. 그것들은 거기 있었다. 그것들은 시간이 흐르면 아물 것이었다. 기다리면 낫는다. 중요한 건 그런 상처들이 아니다. 아이고 그거 흉 지면 어떡해, 여자애 다리가 그래서 어떡해, 같은 말을 이해한 적이 없다. 흉 지면 뭐?

흉 지면 뭐?

이 생각은 지금도 마찬가지다. 흉이 지면 졌지 뭐 어쩌란 말인가. 인간의 몸이 도자기도 아닌데.

지금 이 글을 쓰는 순간에도 닌텐도 스위치 어댑터가 오른쪽 두 번째 발가락 발톱 근처에 떨어지는 바람에 난 상처가 따끔거린다. 별로 높은 데서 떨어지지도 않았는데 왜인지 제대로 상처가 났다. 발가락 피부는 너무 연약하다. 발가락만 그런 게 아니라 인간의 살은 필요 이상으로 연약하다. 이렇게까지 연약할 필요는 없는 것 같다. 조금 더 튼튼했으면, 이렇게 쉽게 쓸리고 피가 나고 벌어지지 않았으면 좀 더 편했을 텐데. 비늘이 있거나 좀 더 딱딱했거나 자유자재로 펼치고 웅크릴 수 있었으면 이런 글은 쓰지 않아도 되었을 것이다.

피부가 연약한 건 치료하기 위해서일까? 안아주기 위해서? 왜 우리는 딱딱하게 진화하지 못했을까, 우리는 그렇게 서로의 체온이 필요했나, 과학적인 이유 말고 내가 연고를 바르지 않는 이유 같은 것을 찾아본다.

TV에 나오는 후시딘 CF를 본다. 아이는 놀다가 다쳐서 울고, 엄마는 달려와 걱정하고, 후시딘의 기술력과 엄마의 사랑과 정성으로 아이가 낫는다. 이런 패턴을 벗어난 적이 거의 없는 것 같다. 엄마 말고 아빠가 나온 적도 없고, 아이가 아니라 어른이 나온 적도 없고, 무관심한 보호자가 나온 적도 없다. 아이가 단독으로 나와서 인터뷰를 하는 한이 있어도 어른이 다치진 않는다. 여러모로 조금 불만이다. 수십 년간 아이가 울고, 엄마가 걱정하고, 연고가 상처 위에 발라진다. 저 광고가 반응이 좋다고 생각하니까 계속 만들어지는 거겠지? 아이가 울고, 엄마가 걱정하고, 연고가 발라진다.

내가 나에게 연고를 바르면 내가 울고, 내가 걱정하고, 내 상처 위로 내가 짠 연고가 발라질 것이다. 그것은 걱정과 사랑과 관심을 나에게 되돌려주는 일이 될까. 이 글을 읽다가 나에게 연고를 발라주고 싶어 할 사람들을 여럿 알고 있다. 그들은 나에게 인간의 피부가 딱딱하게 진화하지 못한 이유 같은 걸 찾을 시간에 연고나 바르라고 할 것이다. 나는 웃을 테고, 여전히 연고 바르기를 귀찮아할 것이다.

그래도 괜찮을 것 같다는 생각이 든다. 그런 얼굴들을 떠올리니까, 계속 좀 귀찮아해도 될 것 같다고. 그들은 흉이 져도 신경 쓰지 않을 것이고 내가 다치면 타박할 것이므로 꼭 연고를 바르지 않아도 나는 광고에 나오는 피부처럼 깨끗한 마음이 될 것이다. 그들은 연약한 피부로 나를 쓰다듬거나 안아줄 것이므로 나는 이런 글을 쓴 것을 부끄러워하지 않을 것이다.

나의 흉진 마음은 이제 독특한 무늬가 되었으므로.

나는 흉을 발견할 때마다 울상이 되는 PT 선생님에게 매번 괜찮다고 말한다. 나를 볼 때마다 상처로 시선을 옮기던 선생님도 얼마 전부터는 내 근육에 더욱 집중하고 있다. 그런 식으로 상처는 지나간다. 나는 나도 모르는 멍과 상처가 내 몸을 통과하도록 놓아둔다. 발목과 배와 무릎과 팔뚝과 온갖 곳에 남은 흉들이 무늬가 되어가는 것을 지켜본다. 검고 푸르고 노랗고 하얗고 빨갛게 나는 물든다. 하루 두 번 연고를 바르는 대신 하루 두 번 노래를 부른다. 나는 여전히 잘 모르겠다고 답한다. 다음 주에는 선생님이 또 새로운 멍을 나 대신 발견해줄 것이다. 나는 계속 시큰둥하고, 시간이 몸 위로 흐른다.

○○ 겨울_연고 바르면 빨리 낫나요? 진짜로 궁금합니다.

박종현

번역되지 않는, 번역할 필요 없는

"거기선 소화제 찾기 힘드니 충분히 사서 챙겨 가."

바다 건너로 몇 년 살러 나갈 때 이런 말을 들었다. 거기 사람들도 위장이 있을 것이고 그게 강철로 된 것도 아닐 터인데 소화제를 찾기 힘들다니, 말이 돼? 짐 줄이기에 혈안인 때였기에, 귓등으로 흘려들었다.

열몇 시간을 날아 말이 통하지 않는 세계로 들어갔다. 분명 십수 년을 배운 말일 텐데 통하지 않았다. 아니, 통하려면 입에서 나와 상대의 귀로 들어가야 할 텐데, 애초에 잘 나오지를 않았다. 한국어로 생성된 문장이 머릿속에서 끝나 마

침표를 찍고 나서야 비로소 두려움을 찢고 입술 쪽으로 밀려
나왔다. 그 시점이 되면 이미 저쪽 귀는 닫혀버렸거나 다른 말
을 향해 있었다. 밤이면 자괴감으로 범벅이 되었다. 그 감정들
도 한국어로 되어 있었다. 방문 밖에서는 번역될 수 없는, 그
런 몸으로 누워 있었다. 누운 채로, 낮에 하려던 말들을 낯선
말로 굳이 중얼거려보기도 했다.

　　다행히 한인 마트가 동네 멀지 않은 곳에 있었다. 내가
아는 음료수, 내가 아는 과자, 내가 아는 야채, 내가 아는 소스
가 가득했다. 내가 아는 술들과 내가 아는 레토르트 식품들 사
이에 약들이 놓여 있었다. 내가 아는 후시딘이 있었다. 내가
아는 활명수와 신신파스와 베아제가 있었다. 반가웠다. 출국
전에 들었던 말도 떠올랐다. 한 무더기를 바구니에 넣었다. 활
명수는 박스째로 샀다. 같은 성분의 연고나 파스가 어쩌면 더
싼 값에 근처 드럭스토어에서 팔리고 있었을지도 모른다. 이
름만 영어로 적힌 똑같은 약들이 있었을지도 모른다. 그건 중
요하지 않았다. "Fucidin Ointment"보다 "후시딘 연고"가 내
상처를 더 이해하는 게 아니라는 걸 모르지 않았지만 또 그럴
것도 같았다. 어차피 내 상처도 한국어로만 설명될 수 있을 터
였으니까.

*

    누구한테도 말할 수 없는 밤에는 누운 채 가만히 구석에 놓인 책상을 보았다. 외국어로 된 책들 끝에, 캐리어에 딱하나 골라 실어 온 시집이 잿빛으로 꽂혀 있었다. 그 아래엔 "그레이 구스" 보드카 병이 있었다. 뭔가 참을 수 없을 때면 시집을 꺼내 아무 데나 펴 한두 편 읽었다. 정제된 모국어가 익숙한 손길로 입가를 훑다 찬찬히 스며들었다. 도저히 잠이 오지 않을 때 보드카를 한 잔 마셨다. 그런다고 잠이 오는 것은 아니란 걸 알고 있었다. 그렇지만 잠시나마 속을 어루만져 주었다. 읽거나 마시지 않더라도 거기 있는 걸 보면 위안이 되었다. 토로할 능력도 없이 이해되지 않음을 원망하다 스스로 키운 상처들에 해줄 수 있는 것들이 있다면 그런 것들이었다.

*

    세상의 나머지와 내가 서로를 온전히 번역할 수 없고 또 서로에게 온전히 번역될 수 없다는 걸 그때보다 잘 안다. 아니 그때는 알려고 하지 않았다가 점차 알아버렸다는 말이 맞겠다. 의도치 않은 오해와 곡해의 순간마다 울분에 겨워 스스로를 할퀴던 일들이 떠오른다. 돌이켜보면 그럴 필요 없었다. 돌이켜보면 그런 일들을 겪었기에 비로소 깨달은 것이었다. 사실은 나조차 나를 온전히 번역할 수 없으며 앞으로도 없을 것이다. 스스로도 알 수 없는 나를 다른 사람이 이해하지 못하거나 오해하는 것에 마음을 많이 쓸 필요가 없다는 걸 점차 알아가게 되었다. 그런 일로 답답해지거나 아파지는 순간을 피할 수는 없지만, 그렇다고 화를 내면 더 답답해지고 아파진다는 걸 알아가게 되었다. 다만 타지의 한구석에 있던 익숙한 약품들의 판매대처럼, 방 한편에 있던 작은 위안의 공간처럼, 번역도 설명도 필요 없이 온전히 내 언어로 된 한구석을 내 생활과 마음에 마련할 것이었다. 그 구석은 존재감만으로, 어쩔 수 없이 부대끼고 할퀴어지는 생활과 마음의 나머지 영역을 스미듯 감싸안을 것이었다. 거기 안기어 살아볼 것이었다.

∞ 종현_ "쪽팔렸던 기억들은 이제 내후년 옆에 자연스럽게 도포하시면 되시는 거구"
- Yaeji, 〈Last Breath〉 중에서

이묵돌

만병통치약에도 내성은 생기고

스무 살이 되기까지 쭉 지방에서 살다가 서울에 올라온 첫해. 나는 하숙방에 옮겨다 놓은 짐들이 대강 정리되기 무섭게 경복궁으로 갔다. 대체 왜 그랬는지는 지금도 잘 모르겠다. 학창 시절에도 역사 과목을 그렇게 좋아하거나 잘했던 건 아닌데. 막 등록한 대학교 캠퍼스도 둘러보기 전에 몇백 년 먹은 고궁 답사부터 했던 것이다. 파리나 뉴욕을 난생처음으로 찾은 사람들이 가장 먼저 에펠탑과 자유의여신상을 찾아가보듯이…. 아, 그땐 이렇게 서울에 영 눌러앉아 살게 될 줄 몰랐으니까.

하지만 그때의 기억, 백주대낮에 땀을 뿔뿔 흘리며 경복궁 구석구석을 휘젓고 다녔던 그날이 내게 어떤 의미심장한 이미지를 남기고 갔느냐? 난 아직도 생생히 기억할 수 있다. 경복궁을 한 번이라도 방문해본 사람이라면, 다른 건물들과 달리 저 혼자 호수 위에 둥둥 떠 있는 누각이 한 채 있었다는 걸 기억할 것이다. 그 국보 224호, 조선 시대 때 나라에 경사가 있을 때마다 연회를 베푸는 곳이었다던 경회루를 보고 내가 놀랐던 이유는 — 역사적 현장으로서의 체취나 고즈넉한 운치 또는 아름다움 때문이 아니라 — 그 주변으로 흐드러져 늘어진 버드나무들 때문이었다. 아뿔싸, 그 수백 년 고도의 유적지에 그런 사악한 식물 줄기들이 심어져 있을 줄이야! 별안간 식은 땀방울 하나가 등줄기를 따라 쭈르르 흘러내렸다. 정말이지 나는 버드나무에 관해 좋지 않은 추억이 너무도 많았던 것이다.

자식 훈육을 위한 사랑의 매로써 버드나무 가지를 활용하기 시작해보자, 라는 아이디어가 기원전 몇 천 년경에 처음 인류 역사에 등장했는지 나는 모른다. 다만 확신할 수 있는 것은, 그런 경악할 만한 아이디어를 누가 냈든 간에 지금쯤 틀림없이 지옥에 가 있으리라는 점이다. 나는 순수한 자연에서 구할 수 있는 소재들 가운데 인간에게 가장 지속적이고 견디기 힘든 고통을 줄 수 있는 것이 바로 버드나무 가지라는 데에 5만 원까지 걸 수 있다. 버드나무 회초리는 진짜 뭘 상상하든 그 이상으로 아프다.

하긴 소싯적의 나는 그야말로 '매를 버는' 타입의 사고뭉치였다. 그걸 부정하는 건 아니다. 일찌감치 남편을 잃고, 말 더럽게 안 듣는 외동아들과 단둘이 사는 것이, 그 시절의 어머니에게 얼마나 힘든 일이었을지 나는 가늠할 수 없다. 세상의 어떤 부모가 자기 자식을 망가뜨리고 싶겠는가? 모진 매질로 지워지지 않는 트라우마를 심어주고픈 엄마가 얼마나 있겠는가? 세상에 매질하지 않고도 착하고 건실하게 키워낼 수 있는 자식들만 있다면, 대체 누가 버드나무 따위를 휘둘러 상처를 주겠는가 말이다.

한편 나는 맷집이 썩 나쁘지 않았다. 학교에서의 엎드려뻗쳐도 참을 수 있었고, 그 상태에서 맞는 학생주임의 풀파워 알루미늄 스윙조차 그럭저럭 버틸 만했다. 근데 정말, 어머니가 채찍처럼 두들겨대는 버드나무 앞에서만은 비명도 눈물도 참을 도리가 없었다. 울면 더 때리겠다는 엄포에 헛구역질까지 해가며 버티기도 했으나 얼마 가지 못했다. 그때 어머니는 분이 안 풀린다는 듯 집 안에 있던 물건들을 마구잡이로 던지고 부쉈다. 그런 와중에 제발 TV는, 낡은 컴퓨터는 부수지 말아달라고 울며 매달렸던 기억이 난다.

모든 게 끝나고 퉁퉁 부은 눈으로 쓰러져 잠들 즈음이면, 인생이란 게 비참해도 그렇게 비참할 수가 없었다. 못 견디게 서러워서 눈물이 뚝뚝 나는데 하필이면 잠까지 오질 않았다. 그래도 잠든 척이라도 하면 매를 덜 맞겠다 싶어서, 나는 필사적으로 자는 시늉을 했다.

그러다 보면 어머니가 스리슬쩍 현관문을 나서는 소리가, 10분쯤 지나서 다시 돌아오는 소리가 들린다. 비닐봉지가 몇 번 부스럭거린다. 그렇게 어머니는 소주와 맥주를 한 병씩 사 와서 안주도 없이 마시다가, 돌연 TV 밑에 있던 약통을 꺼내 뒤진다. 그러고 나서 새끼손가락만 한 후시딘 연고 한 통을 죄다 짜서는, 내 몸 곳곳에 벌겋게 부어올라 있는 회초리 자국들에다 치덕치덕 바르기 시작하는 것이다.

처음에 나는 그런 어머니의 행동에 얼마나 감동했는
지, 한동안 공부도 집 안 청소도 부지런히 하면서 의젓하게 굴
었다. 그럼에도 불구하고 어머니는 계속 매를 들었고, 나는 이
유도 없이 맞고 울다 잠들기를 수십 번도 넘게 반복했다. 몇
번은 날 채찍질하는 그 버드나무 무더기가 너무 싫어서 어머
니가 잠든 틈을 타 쓰레기장에 가져다 버리기도 했다. 그래 봐
야 다음 주쯤이면 새로운 버드나무들이 베란다 구석에서 튀
어나왔지만. 대체 어디서 그 많은 버드나무들을 꺾어 오셨던
걸까? 그때 우리가 세 들어 살던 임대 아파트와 경회루는 멀
어도 너무 멀리 있는데.

그렇다고 어른이 될 때까지 줄곧 맞기만 한 건 아니다.
어머니는 내가 고등학생이 되고 나서 거의 매를 들지 않았다.
그즈음 부쩍 키가 컸던 것과도 관계가 있겠지만. 어느 시점부
터는 때리는 쪽도 맞는 쪽도 지쳐 있었던 것 같다. 어머니는
일을 그만두고 매일을 술과 담배로 지새우셨고, 나는 3학년이
되기 전까지 학교를 다니는 둥 마는 둥 했다. 모든 것이 지긋

지긋했다. 버드나무 매질, 어머니의 고함, 너무 어렸던 나의 울음소리와 잠 못 드는 밤 물씬 풍겨오는 후시딘 냄새까지. 모든 게 어설프고 어리석었다. 슬펐던 우리에게 영원히 지워지지 않는 상처가 있음을, 주황색 연고만으론 도저히 나아질 수 없는 관계가 있음을 그땐 몰랐다.

수험 생활에 접어든 내가 안 하던 공부를 하기 시작한 건 오로지 한 가지 이유에서였다. 나는 서울에 가기로 했다. 좋든 나쁘든 일단 대학에 진학해서, 그 폭력적이고 고리타분한 어머니의 집에서 멀리 벗어나고 싶었다. 그래서 평일에는 학교, 주말에는 시립도서관 열람실에서 자정 넘게까지 공부를 했다. 집에 돌아올 무렵이면 어머니는 잠들어 있었다. 물론 나는 가끔 잠들어 있지 않을 때조차 틈을 주지 않았다. 아무 말도 없이 방에 틀어박혀서 자습을 하다 잠들고, 새벽바람에 일어나 학교로 도망갔다. 수능을 앞둔 한두 달 동안은 서로 인사말조차 하지 않았다.

그렇게 나는 대학생이, 어른이 돼서 서울로 왔다. 그런 마당에 경회루에서 마주했던 그 버드나무들이, 약국 매대에 진열된 후시딘 박스들이, 내게 대관절 어떤 기억을 떠올렸을 지는 덧붙일 필요가 없을 것 같다. 나는 이제 어머니에게 연락하지 않는다. 서로 생사도 모르고 산 지도 몇 년이 지났다. 좀 더 훈훈한 결말을, 너절한 가족애의 회복을 기대한 사람들에게는 송구스럽지만, 나는 이기적인 사람이다. 불효자라는 낙인보다 무자비한 매질이, 홀로 슬퍼지는 일보다 억지로 사랑하는 일이 훨씬 두렵다.

그야 나도 알기야 한다. 머리로는 그런 생각도 든다. 후시딘 한번 바르지 않아도 괜찮을 젊음이 어디 있겠느냐고. 그러나 나는 제아무리 만병통치약이라도 내성이 생기는 법이며, 그렇게 슬픈 연고를 '그만큼' 많이 발라도 괜찮은 사람은 없다고 믿기 때문에… 언젠가, 후시딘에 대해 아련해할 만한 그 어떤 추억도 내겐 없음을 여기 고백해두기로 한다. 미안하다.

제 리

아주 오래된 소년

낮이 전부던 시골에서 태어난 아버지는 학교를 제때 다니지
못했다. 그땐 출생신고를 하려면 꼬박 반나절을 걸어 읍내에
다녀와야 했고, 하필이면 이제 막 봄을 앞두고 있었다. 할아버
지는 농부였다.

한번 늦기 시작한 아버지의 학창 시절엔 지치지도 않
고 가난이 찾아들었다. 밤하늘이 유별나던 고향을 떠나야만
했고, 오랜 친구 하나 사귈 틈 없이 서울과 인천을 옮겨 다녀
야 했다. 이미 가정을 꾸렸던 형과 누나들 집을 드나들던 아버

지는 그때를 생각하면 늘 감사하다고 고백했지만, 그늘진 목
소리마저 감출 순 없었다.

   늘 궁금했다. 아버지는 그때 어떤 표정을 가진 소년이
었을까. 하루를 다 보내고 돌아와 그날의 일들을 누구와 이
야기했을까. 행여나 학교에서 다툼이라도 생기면 가장 먼저
누가 보고 싶었을까. 어떤 품을 그리워하다 혼자 집으로 향
하곤 했을까. 무엇보다 그 집은 소리 내어 울어도 괜찮은 집
이었을까.

   이런 생각들은 울고 있는 한 소년과 맞닿아 있다. 꽤
오래전 일이지만 할머니가 돌아가신 날이었고, 우는 모습을
본 건 그날이 처음이었다. 농부였던 할아버지의 손만큼이나
굵고 검어진 마디를 뭉쳐 얼굴을 가린 아버지는 마음을 들킨
소년처럼 울고 있었다. 당시 어렸던 동생이 덩달아 울기 시작
했고 너무 일찍 어른이 됐던 아버지가 잠시 소년처럼 보였다.

   "비 오는 날 편지가 도착하면 한번 생각해볼게요."

형수의 예물을 팔아 겨우 졸업장을 쥔 아버지는 곧장 군대에 갔고 거기에서 처음 엄마를 만났다. 제대 후 대학 등록금을 벌기 위해 사우디로 떠나기 전, 아버지는 무작정 집 앞으로 엄마를 찾아갔다고 한다. 편지를 쓰면 답장해주겠냐는 아버지에게 엄마는 비가 내리는 날 편지가 도착하면 생각해보겠다고 했지만, 아무리 생각해봐도 창밖을 기웃거렸던 쪽은 아버지가 아니었을 것 같다. 아무튼, 얼마 뒤 엄마는 첫 편지를 받았고 아버지는 1년 동안 200통이 넘는 편지를 보냈다.

지금도 소녀 같은 엄마와 너무 일찍 어른이 되느라 소년의 모습이 낯선 아버지. 그런 두 분의 품에서 나고 자란 나는 어릴 때부터 유독 또래보다 작고 검었다. 엄마는 닭다리를 열심히 먹고 있는 나를 쓰다듬으며 너를 가졌을 때 먹고 싶은 과일들을 다 못 먹어서 그렇다며 미안해하곤 했다. 아버지는 그게 아니라 네 할아버지를 닮아서 그런 거라며 웃었다. 통닭 한 마리를 사이좋게 나눠 먹으며 이런 대화를 하는 날에는 보통 아버지가 벗어놓은 작업복 위로 땀 냄새와 술 냄새가 함께 섞여 있었다. 저녁도 다 먹은 이른 밤이었다.

한번은 놀이터에서 친구들과 야구를 하다가 크게 다친 적이 있다. 방망이에 맞아 입술이 찢어져 한눈에 봐도 윗입술이 두 갈래로 나눠져 있었다. "엄마 근데 나 하나도 안 아파. 그리고 이빨도 말짱해. 흔들리는 게 하나도 없어서 다행이다 그치?" 나보다 더 놀란 엄마를 진정시키느라 정말 아픈 줄도 몰랐다. 엄마 손을 꼭 붙잡고 응급실에서 입술을 꿰매고 돌아온 날. 제발 흉 나지 않게 잘 부탁드린다는 엄마의 목소리를 여러 번 삼키며 나는 한 번도 울지 않았다.

늦을 것 같다고 했던 아버지는 통닭도 안 사 오고 집으로 돌아왔다. 나는 안방 침대에 누워 노랗고 붉은 빛이 도는 헝겊을 물고 선잠에 들어 있었다. 방문을 조심스럽게 열고 들어온 아버지는 내 머리맡에 앉아 한참을 머물다 갔다. 나는 괜히 아버지를 보면 눈물이 날 것 같아서 졸린 척 눈을 비볐다. 온 가족이 한데 모이고 나서야 오래 참아 푸른빛이 도는 입술이 욱신거리기 시작했다. 그제서야 상처 위로 아픔 같은 감정이 돋기 시작했고 다 괜찮아질 거라는 확신이 들었다.

*

    아프거나 속상한 일이 있으면 엄마 얼굴부터 떠올렸지
만, 뭐라고 말하기 힘든 하루를 보내고 나면 아버지가 보고 싶
었다. 이제는 퇴근길에 굳이 시장에 들러 치킨을 사던 아버지
의 마음을 조금은 아는 나이가 됐지만, 소년일 수 없었던 아버
지의 마음까지는 알 길이 없다. 다만, 아버지가 마음껏 보낼
수 없었던 소년의 시절을 내게는 꼭 쥐여주고 싶어 하셨다는
건 잘 알고 있다. 주말이면 산과 들로, 여름엔 강과 바다로 가
족들을 데리고 나서는 아버지의 마음엔 그때 다 투정 부리지
못한 어린 소년이 살고 있었다. 덕분에 나는 소년일 때 마음껏
소년일 수 있었다.

    상처가 잘 아물었다고 해서 없던 일이 되지 않는 것처
럼, 한번 생긴 상처는 잘 보이지 않을 뿐 사라지지 않는다. 지
금은 잘 아물어 멀쩡한 내 입술처럼 말이다. 그렇기에 보이지
않는 흔적들이 다시 상처가 되지 않기를 바랄 뿐이다. 기껏 아
문 새살을 비집고 다시 상처가 덧나지 않게 하는 건 모두 사
람의 일이다. 사람에겐 사람만큼 따뜻한 게 없고 사람만큼 기

대고 싶은 체온은 세상에 그리 많지 않다.

아직도 부모님 집 어딘가엔 비가 오든 안 오든 매일같이 주고받은 풋풋한 편지들이 젊은 문장으로 남아 있고, 지금 나보다 어린 아버지의 꿈이 빼곡하게 적혀 있다. 꽁꽁 숨겨놓고 혼자만 몰래 꺼내 보는 엄마의 소녀 같은 모습과 멋쩍게 웃다가 뒤돌아서서 크게 미소 짓는 아버지의 눈매를 오래도록 닮고 싶다.

∞ 제리_눈도 뜨지 못한 채 첫 울음을 터뜨린 순간부터 서로가 나란히 걸을 수 있는 지금까지, 아버지는 언제나 처음 내 편이 되어준 세상이자 전부였습니다. 늘 우리의 좋은 세상이 되어주셔서 감사합니다.

핫펠트

후시딘 님께

안녕하세요? 음… 뭐라 인사를 건네야 할까요. 저는 아주 오래전에 님을 짝사랑했던 — 이름을 밝히기가 부끄럽네요 — A라고 해둘게요. 어차피 기억하지 못하실 거예요. 저도 오빠의 이름을 모르거든요. 사실 나이도 모르고, 나온 학교도 모르고, 이렇게 아무것도 모르면서 뭘 좋아했다는 거냐고 하실지 모르겠지만 저는 아직도 가끔씩 후시딘을 볼 때면 그때의 기억이 나요.

그리 덥지도, 요즘처럼 폭우가 쏟아지지도 않고 마냥

화창했던 그 여름이요.

저는 고등학교 1학년이었고, 여름방학 동안 친구와 함께 봉사 활동을 하게 됐어요. 일산의 한 장애인복지센터에서 식사와 산책 등을 돕는 일이었어요. 거기서 오빠를 만났죠. 자연스러운 갈색 머리에 하얀 피부, 적당히 짙은 눈썹을 가진, 잘생겼다고 해야 할지 예쁘다고 해야 할지 아무튼 눈에 띄는 외모의 대학생 남자.

솔직히 안 반할 수가 없었죠. 아마 제 친구도 마찬가지였을 거예요. 오빠는 우리한테 아무런 관심이 없어 보였어요. 우리보다 훨씬 더 오래 봉사를 해왔던지 모든 일에 능숙했고, 선생님들과 장애 학생들과도 스스럼없이 친했고, 우리한테는 말도 한번 안 걸어주는 무심한 사람이었죠.

하긴, 그동안 얼마나 많은 애들이 봉사하러 왔다 갔겠으며, 그중 여자애들 열에 일곱은 분명 오빠한테 반했을 텐데 (솔직히 안 반할 수가 없다니까요) 괜히 말 섞었다가 귀찮아질 수 있었겠죠. 이해해요. 그래서 우리도 오빠한테 말 안 걸고, 이름도 안 물어보고, 전화번호도 안 물어보고, 그냥 끙끙 앓으면서 좋아만 했어요. 한 달 넘게 얼굴을 보면서도 말이에요.

얼굴만 봐도 좋으니까, 봉사도 열심히 했어요. 물론 오빠가 나를 좋은 애로 봐주길 바라는 마음이 한편에 있었을 테지만, 정말 뭘 해도 즐거웠어요. 산책도 즐겁고 청소도 신나고, 가끔 식판 여러 개를 한 번에 나르면 오빠가 불쑥 나타나서 "이리 줘" 하고 손에 든 걸 가져갈 때가 제일 좋았어요. 그럴 땐 심장이 진짜 터질 듯이 뛰는데 오빠는 곧바로 돌아서서 갔으니까 들리진 않았을 것 같아요.

그렇게 혼자서 무럭무럭 짝사랑을 키워가던 무렵, 우리 센터에서 계곡으로 소풍을 가게 된 거예요. 그때의 설렘은 정말 말로 표현할 수가 없어요. 뭘 입고 가지 고민을 수백 번, 가서 같이 물싸움하는 상상의 나래를 끝없이 펼치면서 잠을 설쳤어요. 이름도 모르면서 말이에요. 웃기죠? 물론 어디까지나 상상일 뿐. 막상 계곡에 가선 각자 맡은 역할에 충실하느라 바빴고 언제나처럼 말 한마디 걸지 못했어요. 아쉽지만 그래도 좋았어요. 오빠가 웃는 모습을 제일 많이 본 날이었거든요.

모든 일정이 끝나고, 부푼 마음을 진정시키지 못한 채
로 오빠 등짝을 바라보며 산을 내려가던 저는 미끄덩하고 자
빠졌어요.

'아 쪽팔려….'

진짜 쥐구멍이 있으면 숨고 싶고 오빠가 쳐다보기 전
에 후다닥 일어나고 싶은데 넘어진 자신을 내가 알아차리기
전에 모두가 먼저 알았고 괜찮냐고 모여들었어요. 친구 손에
붙들려 창피함을 무릅쓰고 겨우 일어났는데 저만치 가던 오
빠가 눈앞에 와 있는 거예요.

"업혀."

아니, 저기 제가 못 걸을 정도로 넘어진 건 아닌데, 라
고 속으로 생각하면서도 입 밖으로 말이 안 나오더라구요. 계
속 바라보면서 걷던 등짝이 눈앞에 와 있는데 그 유혹에 안
빠질 사람이 있나요. 창피한데, 너무 좋고, 불편한데, 너무 좋
고, 어떻게 버스까지 갔는지 기억이 안 나요. 오빠가 말은 걸

었는지(아마 안 한 거 같아요) 내가 무슨 말을 했는지(이것도 안
한 거 같은데) 심장이 최고치로 뛰는데 오빠 등짝이 바로 앞에
있으니까 이건 분명히 안 들릴 수가 없는데, 근데 이 오빠는
나를 왜 업어준 거지? 나 무거울 텐데? 혹시 오빠도 나 좋아…
하나…?

　　뭐 이런 생각을 하다 보니 버스 맨 뒷좌석에 앉아 있었
어요. 오빠가 구급상자를 열어서 소독약과 후시딘을 꺼냈어
요. 내 무르팍이 다 까진 걸 또 나만 몰랐나 봐요. 전혀 아프지
가 않았거든요. 소독약으로 스윽 한 번 닦고 연고를 발라주는
데 — 아니 분명 내가 발라도 되거든요. 손은 멀쩡한데? — 현
실적으론 5초 남짓의 그 시간이 저한테는 슬로모션이 걸린 채
로 천천히 재생됐어요.

　　그때부터예요. 제게 오빠가 후시딘이 된 건.

　　그날의 사건이 뭔가 전환점이 될 수 있지 않을까 기대
했던 건 역시 나만의 착각이었고, 아마 오빠는 항상 해왔던 대
로 도움이 필요한 누군가를 도왔을 뿐이었나 봐요. 계곡 소풍

후 며칠이 지나지 않아 봉사 활동 기간도 끝이 났고, 더는 오빠를 볼 기회가 없었어요.

그런데 운명처럼 학교로 가는 7번 버스 안에서 오빠를 마주치게 된 거예요. 심장이 쿵쾅쿵쾅 뛰면서 뭔가 눈물이 날 것처럼 시야가 뿌옇게 흐려졌는데, 오빠도 조금은 반가워 보였어요. "어, 안녕" 하고 멋쩍게 인사하곤 한두 정거장 지나 내리더군요. 지금의 저라면 내린 정거장이 어딘지, 탄 정거장은 어딘지 추적해서 동선을 파악했을 텐데 그때의 저는 완전 바보천치라서 그저 더 길게 대화를 못 한 게 아쉬웠어요. 그 뒤로 매일 7번 버스를 탈 때마다, 심장이 요동치는 거예요. 매번 정거장에 설 때마다 오빠가 탈까 동공이 커지고, 조금이라도 닮은 사람이 타면 심장이 쿵 떨어지고 그런 매일을 반복하다 우리는 한 번 더 마주쳤어요. 그쯤 되면 좀 더 말을 걸어줄 법도 한데, 잘 지내냐라든지 학교 가냐라든지 하는. 오빠는 또다시 "안녕" 하곤 말았어요. 전보다 조금은 더 반가워 보이긴 했어요. 사실 그것만으로도 충분했어요.

세 번째 마주치면 반드시, 번호를 물어보리라. 다짐을

하며 버스에 탔지만 어쩐지 더는 마주치지 않았어요. 뭐지, 더는 이 버스를 타지 않는 건가. 집이 바뀌었나, 아니면…?

이럴 때 참 운명은 잔인해요. 천천히 잊혀지는 것도 꽤 아름다웠을 텐데 말이에요. 그렇게 바라고 바라던 세 번째 만남은 일산 라페스타에서였어요. 저는 교복을 입은 채 친구들과 함께, 오빠는 누가 봐도 다시 한번 쳐다보게 되는, 헉 소리 나게 예쁜 여자 친구와 함께. 멀리서도 아니고 뒷모습도 아니고 우린 서로를 향해 마주 보고 걸어오고 있던 거예요. 아니길 바랐는데, 닮은 사람이길 바랐는데. 오빠는 또 보네, 하는 반가운 목소리로 "안녕!" 하고 인사를 건넸어요. 저는 잔뜩 굳어서 "안녕하세요" 하고 최대한 빠른 걸음으로 오빠를 지나쳤죠. 그 순간부터 그 길이 끝날 때까지 울었어요.

처참하게 끝난 짝사랑이지만, 어쩐지 후시딘을 볼 때면 한 번씩 생각이 나요. 오빠를 아직도 좋아해서는 당연히 아니고(저도 이제 어른이 된 지 12년이니까요) 그 여름이 생각나는 거예요. 계곡, 후시딘, 7번 버스 — 여름만이 가진 특유의 설렘과 좋아하는 사람에게 말도 잘 걸지 못했던 열일곱의 나 자신이요.

저에게도 인생의 반을 거슬러 올라갈 만큼 예전의 일인데, 오빠에겐 아마 어렴풋이 떠올리기도 쉽지 않은 기억이겠죠. 그래도 괜찮아요. 그저 근사한 여름을 선물해주셔서 고맙다는 말을 전하고 싶었어요. 물론 궁금하긴 해요. 오빠는 어떤 사람이 되어 있을까, 복지사가 되었을까, 결혼해서 아이들의 아빠가 되어 있을까 하는 것들이요. 잘은 모르지만 분명 좋은 사람이 되었을 거라고 생각해요.

주인에게 닿지 못할 편지지만, 조금은 후련하네요. 살면서 한 번도, 누군가에게 제대로 고백해본 적이 없었거든요. 항상 먼저 다가오는 사람을 만났고, 혼자 좋아하는 마음이 생길 때면 잘라내기 바빴던 것 같아요. 상처를 주는 것도, 받는 것도 두려워서요. 그것도 사랑을 주고받는 것만큼이나 자연스러운 일인데 말이에요.

첫 단추를 끼운 김에, 초등학교 때 3년을 짝사랑했던 K와 중학생 때 좋아했던 반 친구 P에게도 편지를 써야겠어요. 또 누가 있더라, L 그리고 S, 아 맞다 또 다른 P도 있네요. 편지지를 한두 묶음 사야겠어요.

하고 싶은 말이 많지만 이만 줄일게요. 어디에 계시든 무얼 하시든 늘 건강하고 행복하길 빌어요. 무더위와 장마에 숨도 쉬기 버거운 요즘이지만 지치지 않기를, 소중한 사람들과 함께하기를 기도할게요.

고마워요, 나의 후시딘 님.

- 2020년 8월의 비 내리는 어느 날, 오빠를 좋아했던 A가

∞ 핫렐트_『1719』의 「운명적인 위로」에 잠시 언급된 짝사랑 이야기입니다. 쓰다 보니 어쩐지 2000년대 초반 인터넷 소설 같은데 실화입니다(응답하라 2005!!!). 중3 때로 기억했는데 다시 잘 생각해보니 고1 때네요. 인간의 기억은 믿을 수가 없어요. 이 편지는 과연 주인을 찾게 될까요?

언젠가,
눈

김 겨 울

어는점

눈 내리는 역에 가만히 앉아 있었다. 흔치 않게 밖으로 드러난 지하철 선로 위로 눈이 앉았고, 술을 마신 아저씨가 힘겹게 꿍얼대는 소리가 들렸다. 자갈과 철길로 이루어진 선로를 따라 쭉 시선을 훑으면 역이 끝나는 곳에서부터 어둠이 요란하게 흩어졌다. 공책을 꺼내 문장을 적었다.

'영원히 눈 내리는 바다에서는 허무함이 아가미로 빨려 들어간다.'

생활비가 부족해서 그러는데 30만 원만 빌려줄 수 있냐고 물었다가 소리를 지르며 싸운 날이었다. 너는 돈을 다 어디다 갖다 썼길래 돈을 달라고 하냐, 장학금 받아서 등록금도 안 내는데 이런 거 부탁도 못 하냐, 그러니까 평소에 저축을 해놨어야지 갑자기 돈이 어디서 나냐, 아니 용돈을 받는 것도 아니고 아르바이트로 생활비를 버는데 이런 소리까지 들어야 되냐, 그리고 싸우다가 못 참고 눈물을 주룩주룩 흘리며 도로 집을 나와 서성인 날이었다. 밖에 있고 싶지도 않고 어딜 들어가고 싶지도 않아 역으로 갔다. 멍청하게 앉아서 주룩주룩 울었다.

눈은 쌓이지도 못하고 녹았다. 선로는 하얗게 물드는 대신 조금 질척거렸다. 돈을 허투루 쓴 건 아니었다. 단지 그게 음악에 쓴 돈이라는 걸 제외하면 그랬다. 나는 악착같이 조금씩 사 모았다. 노트북. 기타. 오디오 인터페이스. 콘덴서 마이크. 어떤 건 친구에게 중고로 사고 어떤 건 블랙 프라이데이 세일을 노려 가장 싼 것으로 직구를 했다. 그렇게 사 모은 것들이 이날은 제멋대로 질척거렸다.

나는 인생을 바칠 각오도 없으면서 휘청휘청 추근댔다. 무슨 우리나라 최고의 가수나 세계 최고의 싱어송라이터 같은 게 될 일은 없었다. 하지만 그걸 안다고 해서 이걸 멈출 수 있는 건 아니었다. 그거랑 이건 다른 거니까, 어설픈 노래는 계속됐다. 장비는 하나둘씩 쌓여갔다. 한숨과 자책과 불안이 '미-래-'라는 단어를 대체했다. 구멍 난 항아리에 물을 붓는 것처럼. 광막한 바다 위로 눈이 내리는 것처럼. 다음 주 과외비 선불을 부탁해봐야 하나, 문자를 보낼까 말까 고민하며 핸드폰을 만지작거렸다.

쌓이지 않는 눈이나, 잘려나가는 연필대, 수집되는 우표 같은 것. 그렇게 계속 살게 될까. 어차피 아무도 관심도 없었다. 아무도 관심이 없다는 사실조차 아무도 관심이 없는 삶. 부쳐질 일 없는 편지, 당사자가 죽어버린 타임캡슐, 듣는 사람이 없는 노래.

가만히 앉아 선로가 하얗게 되기를 기다렸다. 잘하면 쌓일 수도 있을 것 같았다. 조금 기다리면, 충분히 기다리기만 하면 그럴 수도 있을 것 같았다. 몇 번의 지하철을 보냈다. 타고 내리는 사람들을 바라보았다. 엄마에게 전화가 왔지만 받지 않았다. 시간은 자정을 향해 가고 있었고, 그러잖아도 운행이 뜸한 경의중앙선 열차는 푸쉬쉬 소리를 내며 끝을 알렸다. 맨손으로 어푸어푸 마른세수를 했다. 공책과 연필이 바닥에 떨어졌다. 공책을 주워 툭툭 털고 가방에 넣었다. 형광등 빛을 받은 먼지가 뿌옇게 흩어졌다.

박종현

쌓이거나 쌓이지 않기를

눈이 아주 많이 오는 두 마을에 살아보았어. 1년의 절반 정도는 무릎 높이까지 쌓인 눈을 보며 살아가게 되는 그런 곳들이었어. 하지만 그 눈 속을 살았던 기억은 아주 많이 달랐어.

첫 번째 마을에선 눈이 대체로 뽀송뽀송한 가루 같았고 가끔 우박이 왔어. 심야 제설 체계가 잘되어 있어서 아침이면 길들이 깨끗이 치워져 있는 편이었지. 치워진 위로 새벽 눈이 깔리면 괜히 툴툴, 차 허공에 날리며 버스를 타러 가곤 했어. 1월쯤 되면 길 옆으로, 눈 위에 눈 위에 눈이 와 높이 쌓인 걸 볼 수 있었어.

두 번째 마을에는 주로 습한 슬러시 같은 눈이 왔고 진눈깨비가 일상이었어. 해가 있는 때에 녹다가 다시 얼어붙는 일이 반복되었지. 연말쯤 되면 거리는 얼음과 새 눈, 그리고 발과 바퀴가 그것들을 짓이기며 만들어낸 흙물로 덮여 있었어. 미끄러지지 않으려 새 눈을 찾아 요리조리 밟다 보면 모굴 스키를 타는 기분이 들기도 했어.

그러니까 눈이 아주 많이 온다는 것만 빼곤 모든 것이 달랐어. 눈도, 땅도, 그리고 그 사이를 흐르던 내 모습도.

*

페르낭 브로델이라는 사학자가 역사를 네 가지 층위로 나눠본 적이 있어. 깊은 곳 무겁게 아주아주 천천히 움직이는 시간의 구조에서부터, 개별 사건들이 뛰노는 표층까지 말야. 거대한 컨베이어 벨트 같은 흐름 위에 선 채, 우리 각자는 어딘가로 밀려가면서 사건들을 만들거나 그것들에 휘말리다 하나씩 사라지는 것이지.

요즘 많은 학자들은 '인류세'라는 개념을 가지고 논쟁하는 중이래. 인간이 만든 세상의 변화들이 지질학적으로 의미가 있는지, 그러니까 먼 훗날 지층에 인류가 온갖 짓을 한 시대로서 유의미하게 남을지 아닐지를 가지고 얘기 중이래. 어떤 사람들은 인류세의 지층에서 닭뼈 화석 같은 게 무수히 발견될 거라 주장한대. 또 어떤 사람은 인류의 영향은 지극히 미미해서 하나의 지질시대로 새겨질 리 없다고 이야기한대.

그러니까 어떤 시간들은 애초에 단단하거나 쌓이고 짓눌리며 단단해지는 반면, 어떤 시간들은 겉면을 휘돌다 흩어져 시간조차 아니게 되는 것이지. 바다 같은 거겠지. 가장 깊은 곳의 해류 위로 몇 겹 혹은 수십 겹의 물덩이들이 각기 또 같이 흐르는 동안 표면 위의 포말들, 물결들은 다만 잠시 있다가 사라지게 되는 그런 이치인 거겠지.

빙하에도 층들이 있다지. 한때는 눈이었던 것들이 쌓이고 눌리어 새로운 결정으로 화한 깊은 곳의 얼음들. 그 위로 눈이 다시 내리는데, 어떤 눈송이들은 뒤따라 내리는 눈들 아래서 단단해지고, 또 다른 눈송이들은 흩어져 다시 하늘로 올라가거나 바다로 떨어져 녹겠지.

*

　끊이지 않는 눈처럼 오늘도 어김없이 아침이 하얗게 왔
고 나는 그걸 흠뻑 맞으러 거리로 나서고 있어. 지하철을 타러
졸며 걷는 길, 한때는 매일같이 곱씹었지만 요즘엔 물을 일이
없던 물음 몇 개를 떠올려봐. 오늘은 내게 쌓이거나 쌓이지 않
을 하루일까? 나는 이 거리에 쌓이거나 쌓이지 않는 시간일까?
　영원히 가시지 않을 듯하던 그 기억은 언제 이렇게 흩
어졌을까? 흩어져도 되었을 너는 또 왜, 이토록 날마다 새롭
게 쌓여 단단해질까? 나는 언제부터 이리 흩어졌을까? 나의
오늘은 내일의 어디에서 훌훌 사라지고 싶거나 하염없이 쌓
여가고 싶은 것일까? 내가 무엇에게, 혹은 무엇인가 내게, 쌓
이거나 쌓이지 않도록 바라거나 애쓰는 일이란 무엇이며, 왜
일까?
　끊이지 않는 눈처럼 잔인하거나 아름다운 오늘을 적시
며 걸어가고 있어.

∞ 종현_"형과 함께 만든 썰매를 타고 / 차가운 바람이 하나도 차갑지 않아 / 또다시 먼
길을 올라갈 걱정도 없이 / 그래 그렇게 신나게 내려갈 생각만 해야 해"
- 김창기, 〈하강의 미학〉 중에서

이묵돌

눈 속에서

내가 초등학교 저학년이었던 때의 일이다. 나는 어지간히 눈
이 내리지 않는 동네에 살았다. 그런데 어느 한겨울 날, 자고
일어나보니 창밖에서 눈발이 '펑펑' 휘몰아치고 있었다. 실제
로 눈이 내릴 땐 펑펑하는 소리가 나지 않지만. 그땐 정말 머
릿속에서 뭔가 터지는 느낌이 들었다. 그래, 하늘에서 내리는
이 아름다운 것들이 바로 눈이구나, 여태껏 잿빛이었던 골목
길과 주차장 아스팔트 바닥까지 모두 하얗게 뒤덮였구나, 그
런 생각은 일절 하지도 않았다.

단지 늦기 전에 눈사람을 만들어야 한다는 일념뿐이었다. 동네의 다른 또래 놈들이 나보다 먼저, 더 큰 눈사람을 만들어놓는 꼴은 죽어도 볼 수 없었다. 난 기도 중이던 외할머니에게 "아 진짜 왜 눈 오는데 더 일찍 안 깨운 거야 할머니 너무 한 거 아니냐고 진짜 아" 하고 되도 않는 불평을 늘어놓다가 바깥으로 뛰쳐나갔는데, 아니나 다를까 건너편 집에 사는 형이 나보다 먼저 눈을 뭉치고 굴려 제 몸뚱이 반절만 한 덩어리를 만들어놓고 있었다. 그때의 절망감, 좌절감…. 나는 눈내리는 날을 맞은 지 채 한 시간도 안 돼 세상의 차가움을 절감했다.

*

고등학교 졸업식을 마치고 나서, 이제 막 스무 살이 됐을 무렵이다. 나는 같은 졸업반이었던 친구들을 따라 스키장에 놀러 가게 됐다. 처음에는 별생각이 없었다. 스키하우스 입구 쪽에 있는 렌털숍에서 스키복을 빌려 입었을 때도 '좀 불편한데. 이런 걸 꼭 입어야 하나?' 정도였지, 그 삐삐로처럼 생긴 판때기 두 개를 양발에 매단 상태로 눈 덮인 설산을 내려오는 일 따위가 뭐 그렇게 대단하기야 하겠나 싶었다.

함께 갔던 친구들 가운데 스키장 방문 자체가 난생처음이었던 놈은 나 하나뿐이었다. 막상 슬로프에 오를 때가 되니 '이거 이렇게 해도 되는 건가' 하는 기분이 들어 조금 망설여졌다. 그러자 친구가 말했다. "야, 어차피 뭔 기술 쓰고 그런게 어려운 거지. 천천히 내려오기만 하는 건 안 배워도 금방해. 초딩도 하는 거라고."

난 그 말을 믿고 처음부터 중상급 슬로프로 가는 리프트에 몸을 실었다. 나야 당연히 초보자니까 초급 코스로 가려고 했는데, 이번에는 옆에서 걷던 다른 친구가 말을 보탰다. 당초 초급과 중급은 별 차이도 없으며, 중급과 중상급은 구조나 경사도나 거의 똑같다고 봐도 좋다는 것이었다. 게다가 초급에는 사람이 너무 많아서, 잘 모르는 상태에서 타면 오히려 사고가 날 확률이 높을 수도 있다…. 듣고 보니 그 말도 일리가 있는 것 같았다. 하긴 넘어질 거면 혼자 넘어지는 것이 나으니까. 아무런 의심 없이 친구들이 가는 쪽으로 따라나섰다.

머잖아 나는 슬로프에 내리기 무섭게 바닥에 쓰러졌다. 뒤에 따라 내리던 일행이 "아 뭐야? 비키세요. 위험하게 정말!" 하고 짜증을 내는 바람에 저 왼편 구석탱이로 구르다시피 해서 몸을 피했다. 시작부터 일이 크게 꼬였다는 기분이 들었다.

"야. 이거 몸을 일으킬 수가 없는데." 내가 말했다.

"폴 짚고 잘 일어나봐."

"이거 어떻게 하는 건데. 말은 해주고 가야 할 거 아냐?"

"나는 보드라서 잘 몰라…. 양발을 A 자로 해서 속도를 줄이면서 내려오면 된다는 것 같던데? 아무튼 나도 일단 내려갈게. 천천히 내려와." 친구는 심지어 날 쳐다보지도 않고 말했다. 그나마도 그렇게 말해주고 떠난 놈은 친절한 축에 속했다. 나머지 놈들은 그런 말 한마디 없이 벌써 슬로프를 내려가고 있었기 때문이다.

*

정말 미친 짓이었다. 나는 두 발로 겨우 섰다가 3~4미터쯤 미끄러져 쓰러지고를 수십 번 반복했고, 한번은 제대로 자세를 취해보겠답시고 달려들었다가 속도가 확 나는 바람에 왼쪽에 있던 주황색 안전그물에 처박히기도 했다. 양발을 A 자로 만드는 게 대체 뭔지, 어떻게 인간이 그런 자세를 할 수 있다는 건지 도저히 이해가 되질 않았다.

그렇게 한 시간이 넘게 지났는데도 슬로프는 반도 내려가지 못했다. 어찌나 자주 넘어졌는지 온몸에 피멍이 들었다는 걸 다 벗지 않아도 알 수 있었다. 힘이 다했던 나는 두 발에 매달려 있던 스키를 벗어버리고, 경사가 덜한 구석으로 걸어가 드러누웠다. 눈은 푹신하지만 몹시 차갑고 추웠다.

그쯤 되니 스키장이고 나발이고 내가 왜 이런 곳에 있는지 납득이 안 됐다. 친구나 패트롤에게 전화를 해서 좀 데리러 와달라고 하자니, 영하 10도 아래로 내려간 날씨 덕분에 휴대폰이 꺼져 있었다. 내가 있던 중상급 슬로프엔 사람이 별로 없었다. 그마저 속도를 팍팍 내서 스쳐 지나가다시피 하는 통에 도움을 청하기도 마땅찮았다. 전신을 적셨던 땀이 마르자 체온이 급격히 떨어지고 있었고, 설상가상으로 눈까지 흩

날리기 시작했다.

처음부터 심상찮았던 눈발은 몇 분도 안 돼 눈보라로 휘몰아쳤다. 사방에서 쏟아지는 눈 때문에 가시거리가 10미터도 되지 않는 것 같았다. 이젠 몇 명 지나가던 사람들도 보이지 않았고 쉭, 쉭 하며 바쁘게 내려가는 소리만 가끔씩 들릴 뿐이었다.

좀 웃긴 얘기지만, 당시의 나는 꼼짝없이 표류했으며 불원간에 얼어 죽으리라 확신하고 있었다. 굴러서라도 내려갈까 싶었지만 그만한 힘도 남지 않은 듯했고, 내 것도 아닌 스키 장비들을 내버려두고 떠날 수도 없는 일이었다. 하지만 딱히 후회는 되지 않았다. 어차피 난 가려던 대학에도 떨어졌었고, 스키장에 온 것도 더는 할 일이 떠오르지 않아서였다.

게다가 이만하면 그리 나쁘지 않은 죽음 같았다. 한동안 춥긴 했지만 좀 더 지나자 몸에 감각 자체가 돌지 않았다. 한 톨의 책임감 없이 날 내버려두고 떠난 친구 놈들에게 평생에 걸친 트라우마를 안겨주는 데는 이만큼 비참한 죽음도 따로 없을 것이다(진짜 그렇게 생각했다). 그렇지만 『원피스』 완결을 못 보고 죽는 건 조금 아쉬운걸. 그렇게 몸에 한두 겹 쌓여 나가는 눈들을 보고 있었는데, 갑작스럽게 눈이 뚝 그쳤다.

거짓말처럼 햇살이 내리쫴 슬로프를 환히 뒤덮었다. 이내 희미해지던 의식이 되돌아왔다. 동시에 저 위쪽 슬로프 방향으로부터 사람 하나가 스키를 타고 내려오는 것이 보였다. 두꺼운 고글과 털모자를 쓰고 있었지만, 길게 늘어뜨린 머리카락 때문에 금방 여자라는 사실을 알 수 있었다. 그 여자는 시체처럼 뻗어 있던 나를 빤히 응시하다가, 가까이 다가와선 "괜찮으세요? 혹시 어디 다쳤어요? 신고해드려요?" 하고 물었다.

나는 "아뇨, 그냥 쉬고 있었어요. 곧 내려가려고요" 하고 대답했다. 여자는, 아 그러시구나, 하고 가던 길을 그대로 내려갔고, 나는 그 모습을 내려다보다가 완전히 안 보일 즈음이 돼서 몸을 일으켰다. 하체에 힘이 완전히 빠져서일까, 혹시나 해서 스키를 도로 차보니 A 자 자세가 자연스럽게 취해졌다.

꽤 안정적으로 슬로프를 타고 내려갔다. 먼저 내려간 친구들은 스키하우스 앞에서 날 기다리고 있었는데, 10분만 더 늦었어도 패트롤에게 실종 신고를 하려고 했다며 호들갑을 떨었다.

"그래도 잘 타고 내려왔네. 천만다행이다." 친구는 어느 정도 두들겨 맞을 각오를 하고 있는 것 같았다. 나 역시 다 내려오기 전까진 사지를 부러뜨려놓을 작정이었는데, 내려오고 나니 김이 빠져버려서 별말 않기로 했다.

"그래서, 스키는 계속 탈 거야?"
"아니, 절대." 내가 대답했다.

나는 그다음 날부터 스노보드를 타기 시작해서, 지금은 큰돈 주고 마련한 보드가 아까워 매년 스키장을 찾고 있다. 다만 그때만큼 많은 눈이 쏟아진 적은 두 번 다시 없었다.

∞ 묵돌_감사합니다.

제 리

시바 유끼

처음 본 사람에게만 비밀을 털어놓기도 했다. 아무것도 아닌 사이니까. '밤이 늦었네요' 같은 말이 좋았다. 밤이 늦는지도 몰랐으니깐. 서로의 비밀을 훔쳐보느라 에둘러 돌아갈 필요도 없고, 다음을 상상하는 데 마음을 쓰지 않아도 됐으므로, 내가 아는 가장 완벽한 사이는 '아무 사이도 아닌 사이'였다.

좀처럼 슬픔을 덜어 먹을 줄 모르는 나는, 아무 사이도 아니라는 이유로 비밀이 비밀이 될 수 없다는 점이 마음에 들었다. '사실 이건 비밀인데' 같은 말만 하지 않는다면, 무엇을 털어놓더라도 비밀은 비밀이 될 수 없었다. 우리에게 사이라는 것이 생기기 전까지는 말이다.

언제쯤 나는 '별안간'이란 단어와 '너'를 함께 떠올릴 수 있을까? 이런 마음이 들기 시작했을 땐, 아무렇지 않은 것들이 많이 사라진 뒤였다. 그 무렵 나는 너를 신경 쓰느라 내가 어떤 풍경에 홀려 있는지도 몰랐다. 너와 나 사이에 알 수 없는 사이가 생겼고, 한쪽 마음이 한쪽을 향해 기울고 있었다. 더는 비밀을 털어놓을 수 없었고, 아직 고백하지 못한 내 마음만이 비밀로 남아 나를 말리고 있었다. 슬프고 또 기뻤다.

숲에서만 숲이 기운다
한 사람의 마음을 기울게 하는 건
한 사람이면 충분했다

때론, 한 사람의 마음이 전부를 기울게 한다. 너와 나를 사이에 놓고 우리가 터놓은 비밀들이 울창하게 삐죽거렸다. 사이가 무너지는 소리. 내가 기우는 소리. 나는 그 소리가 계속 기울 걸 알면서도 '그래, 하나의 장면으로만 기억되고 싶지 않은 풍경도 있는 거니까' 생각하며 내 마음을 못 본 척했다. 오히려 더 자주 만났고, 가늠할 수 없는 마음들을 마음껏 자라게 내버려뒀다.

얼마 지나지 않아 사이를 감싸던 궤도가 이탈했다. 하나의 마음이 다른 마음들을 잡아당기기 시작했다. 그 힘이 어찌나 세던지 온 세상이 휘청거리기도 했지만 그래도 웃는 날이 더 많았다. 사이가 망가질까 봐 조심하는 마음보다 아무 사이도 아닌 사이를 그만두고 싶은 마음이 더 커지자, 이번엔 용기가 생겼다. 마지막 남은 비밀을 말하고 싶어졌다. 꽤 오랜만에 낸 용기였고, 얼마 뒤 우린 지금의 우리가 됐다.

"유끼 보고 갈래?"

나는 지금도 너를 그리워할 때 내가 어떤 표정을 짓는지 궁금하지 않다. 그저 난 지금의 네가 궁금할 뿐이고, 오늘 유끼가 뭐 했는지가 궁금할 뿐이다. 생각해보면 우리의 첫 장면엔 유끼가 있었다. 너는 기억하지 못하겠지만 "저랑 생일이 같은 시바 한 마리와 살고 있어요"라고 말한 그날이 유독 선명한 걸 보면 아예 틀린 기억은 아닌 듯하다.

너도 잘 알겠지만 나는 미래를 만드는 편이 아니다. 미래에 기대는 쪽에 가까운 내가, 내일을 사랑하는 너를 만나면서부터 많은 것들이 달라지기 시작했다. 언젠가부터 너는 내가 꽁꽁 숨기고 싶었던 비밀의 공터를 이리저리 잘도 뛰어다녔다. 다시는 기울지 않겠다고 다짐했던 그 여린 공터를 너는 보란 듯이 뛰어다녔다. 그해 초여름, 오래도록 눈만 쌓여 발길도 그리고 마음도 끊긴 그 자리를 우리는 오래 걸었다. 그리고 이제는 커질 대로 커진 그 공터엔 우리의 미래가 있고, 늘 보고 싶은 유끼가 함께 있다. 오늘도 그곳엔 밤낮없이 볕이 들고, 다정한 마음들이 하루하루 자라고 있다.

가끔 생각한다. 우리에게 유끼가 없었다면 우린, 지금과 같은 우리였을까? 너의 생일이 유끼와 같은 것도, 겨울에 태어난 네가 '눈[雪]'이라는 이름을 유끼에게 선물한 것도 모두 우연이었을까? 가끔은 다른 사람이 키우던 유끼를 네가 데려왔던 그날이 궁금하기도 했지만, 그때 나도 함께 있었더라면 더 좋았을 거란 생각은 이제 하지 않는다. 너도 유끼도 결

국엔 만나게 될 사이였으니까. 우린 '아무 사이도 아닌 사이'
가 될 수 없는 그런 사이이니깐.

*

유끼를 처음 만난 날은 애인을 처음 집에 바래다준 날
이었다. 먼 곳에서부터 낑낑거리며 달려온 시바 특유의 엄살
소리와 첫 품에 들어차던 따뜻한 온도, 그리고 크고 선명한 심
장 소리를 아직 잊지 못하고 있다. 곧이어 덮쳐 온 녀석의 구
수한 침 냄새와 온몸에 달라붙어 한참을 고생했던 털 뭉치 역
시 눈앞에 생생하다.

이제 나는 넓은 공터를 만나면 '여기서 공이나 찼으면
좋겠다'라는 생각 대신 숨이 찰 때까지 뛰어다닐 유끼를 떠올
린다. 잔디 위에 돗자리를 깔다가도 "우리 다음에 유끼랑 같
이 올까?" 같은 말을 잘도 한다. 너는 그런 나를 흘겨보며 "나
야? 유끼야?" 같은 빈말을 하고, 그러면 나는 "내가 할 소리거
든?" 같은 말을 한다. 서로의 슬픈 과거를 털어놓는 사이였던
우리가 이런 대화를 나눌 수 있는 건 모두 유끼 덕분이다.

나는 이제 산책하고 있는 강아지의 뒷모습만 봐도 시바인지 아닌지부터 살피는 새로운 버릇이 생겼고, 우연히 시바를 마주치게 되는 날이면 급한 발걸음도 멈추고 몇 살이냐고 묻곤 한다. 요즘엔 좀처럼 비가 그치지 않아서 유끼와 긴 산책을 하지 못했다. 이번 주말엔 비가 오든 안 오든 유끼의 뒷모습을 실컷 보러 가야겠다. 누가 뭐래도 시바는 뒤에서 볼 때가 진짜 시바니까. 잘 웃어주진 않지만 씰룩씰룩 앞장은 잘 서니까. 나에겐 노루 궁둥이보단 시바 궁둥이가 더 소중하니까.

∞ 제리_애인과 유끼의 생일이 같다는 건 생각보다 훨씬 좋은 일이다. 따뜻한 밥을 함께 먹고 나서 유끼에게 줄 선물을 함께 고르러 갈 수도 있고, 운이 좋으면 그 길 위에서 새해 첫눈을 함께 맞을 수도 있으니까 말이다.

핫펠트

흐린 눈과 눈 내리는 새벽

"너 원래 안경 껴?"
"어, 운전할 때만."

　나는 가끔씩 안경을 쓴다. 운전할 때, TV 볼 때, 작업할 때. 그 외에는 그냥 산다. 적당히 보고 적당히 읽으며 크게 일상생활에 불편함을 느끼지 않는 0.3의 시력. 그런대로 살 만하지만 이따금 창피한 순간은 있다.

　한번은 합주실 앞에서 우리 밴드 멤버들인 줄 알고 모

르는 사람들에게 양손을 흔들며 뛰어가서 인사한 적이 있다. 아주 가까워져서 눈이 마주친 후에야 우리 밴드가 아닌 걸 알았다. 연신 "죄송합니다"를 외치며 뒷걸음질 치고 세상 그렇게 창피할 수가 없었다.

아, 또 정말 정말 지워버리고 싶은 어린 시절의 순간이 하나 있는데, 친구와 명동에서 쇼핑을 잔뜩 하고 집으로 돌아가는 지하철에서 있었던 일이다. 무조건 앉아서 가리라 하고 매의 눈으로 역으로 들어오는 지하철을 바라보다 빈자리 하나를 발견했고, 문이 열리기 무섭게 뛰어가서 쇼핑백으로 자리를 차지한 뒤 뿌듯한 마음으로 자리에 앉았는데, 친구 얼굴이 하얗게 질려 있었다.

"왜 그래?"
"야… 너 옆에….."

오른쪽을 보라는 친구의 말에 슬쩍 고개를 돌려보니 웬걸. 1년 전에 헤어진 전 남친이었다(덧붙이자면, 그의 절친도 함께였다). 그도 당황한 듯 고개를 푹 숙였고, 그의 친구 또한

이 상황을 어떻게 해결해야 할지 난감한 표정이었다. 순간 용수철처럼 엉덩이가 튀어 올랐다. 옆 칸, 또 옆 칸, 무작정 걷다가 다음 정거장에 내려서 엉엉 울었다. 망신도 그런 망신이 없었다. 물론 이 사건은 반드시 시력만의 문제는 아니었겠지만 (아픈 다리와 하나에 꽂히면 다른 걸 잘 못 보는 집중력의 콜라보) 안경을 끼고 있었다면 달려가던 중 뭔가 잘못됐음을 알아차렸을지도 모른다.

또 한번은 정말 위험한 상황이었는데, 전에 살던 청담동에서였다. 눈 내리는 새벽에 맥주 한 캔이 당겼던 나는 신이 나서 잠옷 바람에 롱패딩을 뒤집어쓰고 편의점으로 향하던 길이었다. 반대편에서 포르쉐 하나가 천천히 오더니 내 옆에 멈춰 섰다. 운전자가 인사를 했다.

"안녕하세요!"
"아 네, 안녕하세요!"

일단 인사를 했다. 당시 청담동에는 JYP 사옥이 있었고 누군가 먼저 나를 알아보고 인사를 한 거라고 생각했다. 눈이 나쁜 나는 운전석에 앉은 이의 얼굴이 뚜렷이 보이지 않았다.

"어디 가세요?"

"아, 저 편의점 가고 있어요." 누군지 모르겠지만 적당히 인사를 하고 보내야겠다고 생각했다.

"일단 타세요!" 네? 타라구요?

"네? 아… 근데 누구세요?" 일단 가까이 가서 누군지 얼굴을 확인해야겠다.

창문 가까이로 다가선 순간 안에서 술 냄새가 확 풍겼다. 모르는 얼굴이었다. 모르는 사람이었다. 저 사람도 나를 모르는 게 분명하다.

"일단 타시라니까요." 그 사람이 보조석 문을 열었다.

"아, 죄송합니다!" 하곤 편의점으로 냅다 뛰었다.

심장이 터질 듯이 뛰었고 그 사람이 차에서 내려서 날 쫓아오진 않을까 무서웠다. 편의점은 대낮처럼 밝았고 몇 분이 지나 그가 사라졌을 거라는 생각이 들었을 때쯤 조금 안정이 되었다.

난 도대체 뭐가 죄송했던 걸까. 지금 생각하니 화가 난다. 술이 떡이 되어 음주 운전을 하고 있던 동네 양아치가 아무도 없는 새벽녘에 혼자 걷고 있는 여자를 태워 가려 한 이유는 아무리 생각해봐도 하나다. 그놈의 차량 번호를 외워서 112에 신고를 해도 모자랄 일인데 내가 할 수 있는 건 고작 달리기였다. 스스로가 너무 한심하게 느껴져서 인스타그램에 글을 쓴 후에도 분이 풀리지 않았다. 생각 없이 그 차에 올랐다면 나는 어떻게 됐을까. 눈 오는 날이 미치도록 싫어졌을 거라는 건 확실하다.

이 외에도 사람을 못 알아본 일, 잘못 알아본 일은 허다하다. 내가 자신을 보고도 인사를 하지 않았다고 섭섭해하는 사람도 부지기수, 아는 사람인 줄 알고 인사를 했다가 뻘쭘 민망하게 손을 내린 일도 부지기수. 이쯤 되니 주변에선 제발 좀 렌즈를 끼든 수술을 하든 해라 난리지만 렌즈를 끼기엔 지독히 귀찮고, 수술은 어쩐지 두렵다. 실은, 조금은 덜 보이는 게 좋다.

물론 또렷이 보고 싶은 순간들이 있다. 인구 해변에 해가 뜨고 질 때, 한강의 야경, 봄에 피는 벚꽃 같은 것들. 안경을 끼고 보면 200배는 더 아름다운 것들이다. 내가 덜 보고 싶은 건 사람이다. 사람들의 표정이다. 일상에선 나는 모르지만 그쪽에선 나를 아는 사람들의 표정이, 무대에선 나를 모르는 사람들의 표정이 나를 움츠러들게 한다.

표정은 말보다 많은 말을 한다. 애정과 감탄에서부터 실망과 혐오까지. 아주 미세한 눈썹의 움직임으로도 전달이 가능한 것이다. 모두에게 사랑받아야 하는 직업을 가진 나로서는 후자의 감정이 다가올 때 급격한 감정 기복을 겪는다. 차라리 보지 않는 게 편한 것이다. 적이 나타나면 눈을 가린다는 꿩처럼 무식한 방법이지만 내겐 가장 편리한 방법이다. 다른 사람들의 표정에 맞추어, 시선에 맞추어 나를 바꾸는 일은 복잡하고 끝이 없으니까.

적당히 흐린 눈을 할 수 있는 나의 시력은 하루가 다르게 나빠지고 있다. 언젠가는 수술을 해야 할지도 모른다. 그때가 되면 내 마음이 더 많은 표정들을 담아낼 수 있었으면 좋겠다. 날카로운 것들에 긁히지 않는, 단단한 마음이었으면. 그렇게 되면 더 풍성한 이야기를 쓸 수 있지 않을까.

∞ 햇펠트_ 사람이 싫지만 사람을 좋아하고, 표정이 두렵지만 표정을 좋아합니다. 눈 오는 날은 아직도 좋고, 눈을 마주치고 대화하는 것도 좋아합니다. 언젠가는 어른이 되겠지요.

언젠가,
지하철

김겨울

버스파

운전하지 않는 서울 시민을 둘로 나누면 '지하철파'와 '버스파'쯤 되지 않을까? (지하철파 손들어보세요. 버스파 손들어보세요. 그렇군요.) 친밀한 관계의 사람과 이동할 일이 생기면 지하철을 타냐 버스를 타냐를 두고 서로의 선호를 확인하게 되는데, 그 선호라는 게 참으로 랜덤해서 그 사람의 성격이나 기질 같은 것으로는 추론이 거의 불가능하다. 친해졌다고 해서 물어보지 않고도 그 사람이 지하철을 선호하는지 버스를 선호하는지 둘 다 개의치 않는지를 맞힐 수는 없는 것이다.

나는 거의 모든 상황에서 버스를 선호하는 확고한 버스파인데 그건 성장환경과 관련이 있는 것 같다. 여섯 살 때 처음 서울에 올라와 살았던 동네에는 지하철역이 없었다. 동네에서 버스를 타고 꽤 나가야 지하철역을 볼 수 있었고, 그러다 보니 자연스럽게 어딜 가더라도 버스를 타는 게 습관이 됐다. 버스에 탈 때면 바깥 풍경을 보는 게 좋았다. 지나가는 사람들, 나무, 비둘기, 햇빛, 동네를 한참 벗어나면 보이는 높은 건물들. 그때는 한강 다리를 건너면 무지하게 먼 곳에 간다고 생각했는데, 다리를 건널 때의 설렘과 두려움, 마음의 일렁임 같은 것이 아직도 기억 속에 남아 있다.

조금 자라서 학교를 다니면서도 줄곧 버스로 이동하는 게 편한 규모의 동네에만 사느라 지하철을 탈 일이 별로 없었다. 중고등학생의 생활 반경이라는 게 그런 거니까. 집, 학교, 학원만 뺑뺑이 도는 삶은 환산하면 버스 다섯 정거장 정도의 거리 내에서 모든 걸 해결하는 삶이었다. 아침 8시에 집에서 나와 사람 많은 버스에 끼겨 타 학교에 갔다가, 왠지 나른하고 불쾌한 오후의 버스를 타고 학원에 갔다가, 밤 10시에 길가에 줄지어 선 외제차들 — 자녀를 태워서 집에 가려고 기다리는 보호자들 ― 에게 욕을 하는 버스기사가 운전하는 버스를 타고 집에 갔다. 어쩌다 시험 기간이 끝나고 놀러 갈 때도 거의 버스를 탔고, 지하철이 필요한 행선지는 별로 없었다. 있다면 롯데월드나 코엑스 정도일까.

지하철을 본격적으로 타야 했던 때는 대학교에 들어가고 난 후였다. 역을 코앞에 둔 학교를 다닌 탓에 지각의 위험이 있을 때면 서둘러 지하철을 탔다. 원래도 지하철을 별로 좋아하지 않았지만 지하철 계단을 뛰어오르고 그러고도 학교 언덕을 오르느라 지하철이 더 싫어졌다. 지하철이 너무 타기 싫어서 수업 시간 한 시간 반 전에 나와서 버스를 탔다. 지하철을 타면 한 시간이면 갈 거리였다. 중간에 한 번 갈아타는 곳에서 빵집에 들러 빵을 사가지고는 다음 버스를 타 맨 앞자리에서 뜯어 먹으며 학교에 갔다. 그때 먹던 빵의 부드러운 질감과 달큰한 맛, 빵을 먹으며 바라보던 거리의 햇빛이 지금도 가끔 그립다.

몇 번의 이사를 하며 학교에 가는 루트는 조금씩 달라졌지만, 학교에서 조금 먼 정류장에 내리더라도 거의 무조건

버스를 타고 학교에 갔다. 밖이 보이지 않는 어두침침함이 싫었다. 다른 사람과 강제로 마주 봐야 하는 부담스러움이 싫었다. 길고 긴 계단을 오르내려야 하는 불편함이 싫었다. 그러니까 계단을 한참 내려가서 갑갑한 공간에서 모르는 사람과 나란히 앉아 또 다른 모르는 사람과 마주 보고 있다가 또 영겁의 계단을 올라가야 하는 이 총체적인 경험이 그냥 모조리 다 싫었다. 지하철이 조금 견딜 만했던 때는 앉아서 책을 읽을 때, 그리고 사랑하는 사람과 탔을 때뿐이었다.

심지어는 사람이 많은 지하철을 탈 때면 숨이 잘 안 쉬어진다. 비유가 아니라 물리적으로 숨이 안 쉬어진다. 참고 가는 게 힘들어 몇 번씩 내려야 했던 때도 있다. 심호흡을 하는데도 공기가 폐로 들어가지 않는 느낌, 심장박동이 빨라지고 사람들의 말소리가 요란하게 들려오고 머리가 핑핑 도는 그 불쾌한 느낌은 어쩐지 잊을 만하면 찾아온다. 출퇴근 시간의 지하철을 타지 않아도 된다는 게 얼마나 다행인지. 사람 많은 버스에서는 괜찮은데 사람 많은 지하철에서는 왜 유난히 그런 경험을 하는 건지 나도 아직 잘 모른다. 지하철 거부증 같은 건가. 어떤 근사한 진단을 내릴 수도 있겠지만 굳이 그런 것까지 필요하진 않은 것 같다.

지금에야 지하철이 그렇게까지 싫진 않고 필요에 따라 거리낌 없이 타기도 하지만, 어쨌든 내 인생에서 지하철을 선호하는 때는 오지 않을 예정이다. 집을 구할 때 역세권을 고집하지 않아도 된다는 점에서는 나쁘지 않은 선호인 것 같기도 하고. 하여간 밖이 보이지 않는 뭔가는 별로 탑승하고 싶지 않다. 그게 뭐가 되었든 간에. 그래서 운전면허도 없는 주제에 지하철을 좋아하지 않는 고집 센 서울 시민은 부지런히 버스를 탄다. 버스 최고야. 버스 만세. 버스 사랑합니다.

∞ 겨울_ 하지만 지하철역에서 파는 델리만쥬는 좋아합니다.

박종현

서울 팩맨

〈팩맨〉이라는 게임이 있다. 피자처럼 생긴 얼굴을 움직여, 추격꾼들을 피하면서 미로에 떨어진 모든 과자 조각을 빠짐없이 주워 먹고 나면 다음 레벨로 올라가게 된다. 2차원 평면에서 벌어지는 일인데, (모든 〈팩맨〉이 그런지는 모르겠지만) 좌우측 중앙에 바깥쪽으로 뚫린 통로끼리는 서로 통한다. 그러니까, 우측 통로로 들어가면 왼쪽 중앙으로 빠져나오게 되는 것이다. 추격꾼들에 의해 한쪽으로 몰렸다가, 그 중앙 통로를 통해 반대쪽으로 탈출해서 모두를 따돌리고 나면 왜인지 모를 묘한 쾌감을 느꼈다. 주어진 차원을 나만 혼자 초월한 데서 오는 우쭐한 기분 같은 것이었을지 모르겠다. 몰아감의 주체가 추격꾼에서 '나'로 역전되는 순간에 배가되는, 농락의 즐거움이었을 수도 있겠다.

대학 2년 차, 그러니까 서울살이 2년 차 때의 일이었다. 일주일에 두세 번씩 수업과 관련하여 용산역 근처를 방문할 일이 있었다. 지하철은 사당역에서 타야 했다. 그런데 사당역은 4호선이고 용산역은 1호선이었다. 가장 가까운 1·4호선 환승역은 서울역. '서울 사람'이라면 (그게 무엇인지는 잘 모르겠지만서도) 이 앞의 세 문장을 읽으며 뭔가 이상하다, 설마, 생각했을 확률이 높다.

사당(4호선 열차를 탄다) → 이수 → 동작 → 이촌 → 신용산 → 삼각지 → 숙대입구 → 서울역(10분 정도를 걸어 1호선 열차로 환승한다) → 남영 → 용산(도착)

두 달 반쯤 지나고 '서울 사람' 선배와 함께 실습지에 가게 되었다. 이촌역을 지나는데 누나가 자리에서 일어나는 것이었다.

"누나 왜?"

"내려야지."

"왜?"

"신용산이잖아."

"우린 용산 가는데?"

"여기가 용산이잖아."

"…."

그렇게 열댓 번째의 방문 만에, 신용산역이 용산역에서 걸어갈 거리라는 것, 그러니까 두 역이 두어 블록 정도만을 사이에 두고 있다는 사실을 알게 되었다. 그러니까 '사당(4호선 열차를 탄다) → 이수 → 동작 → 이촌 → 신용산(걸어간다) → 용산'과 같은 루트가 훨씬 효율적인 동선이었던 것이다. 신용산역 출구에서 몇 걸음 걸으니 저 너머에 "용산역" 팻말이 보였다. 그때의 기분을 아직 잊을 수 없다.

스마트폰이 없을 때다. 지갑에 종이로 된 노선도를 넣고 다녔는데, 용산역과 신용산역이 꽤 멀게 그려져 있었다(고 주장해본다). 또 '서울은 상상 이상으로 크고 늘 길이 막히는 곳'이라는 생각이 컸다. 따라서 지명을 섣불리 믿지 않고, 버스를 타기보다는 길 막힘이 없는 지하철의 안내를 착실히 따라간다는 원칙이 있었다. 더더군다나 신용산역과 용산역, 신도림역과 도림천역, 신대방역과 대방역 등은 다른 '노선' 위에 있었기에, 지명을 공유한다 하더라도 감히 걸어갈 상상조차 하지 않았다. 내가 모르는 차원의 통로를 타고 스르륵, 옆길로 순간이동 하는 진정한 〈팩맨〉 고수 같은 누나를 보며 나는 서울에 농락당한 기분을 느꼈다. 이런 일은 그 뒤로도 여러 번 있었다.

나도 서울을 농락하고 싶다. 〈팩맨〉에서 농락의 끝은 과자를 다 먹어치워 해당 '탄'을 '깨는' 것이다. 10년 넘게 서울에서 〈팩맨〉처럼 지하철을 타고 또 타며 살고 있는데 (그렇게 생각하니 스스로가 조금 귀엽게 느껴지기는 하지만) '클리어' 혹은 '레벨 업' 하는 기분은 좀체 들지 않는다. 여전히 서울은 너무나 크고 나는 작다. 내가 모르는 어딘가에 아직 발견하지 못한 마지막 과자 조각이 있는 것일까?

그렇지만 주어진 과자 조각을 다 먹고 살아남는다고 해도, 그건 진정으로 농락하는 게 아니라는 생각도 든다. 하루하루 열심히 달려서 먹고사는 일을 완수하고 다음 하루로 넘어가는 일은 분명 위대한 일이지만 농락이라기보단 순종, 견

딤과 같은 단어에 더 어울린다. 내 매일을 쥐고 흔드는 서울을, 이 동네를 '진정으로' 농락한다는 것은 과연 무엇일까? "너는 나를 이렇게 (하루 종일 네가 주는 쿠키나 주워 먹으면서) 살라고 강요하지만 나는 (가끔은) 네가 살라는 대로 안 살지! 약 오르지!" 같은 것일까? 적어놓고 보니 좀 소심하다. "너는 내가 오롯이 2차원에 살고 있는 줄 알지? 그건 속임수일 뿐. 상상할 수 없는 차원의 벽 어딘가에 구멍을 뚫어 도피로를 몰래 파나가고 있지. 〈팩맨〉계의 〈쇼생크 탈출〉인 거야." 이게 좀 낫다.

∞ 종현_ "이제 내 손을 꼭 잡고 두려움 없이 / 어디로 가는지 알 수는 없지만 / 우린 언제로 가는지 알 수는 없지만 / 어딘가에 우리가 내려질 곳은 있겠지"
- 토마스쿡, 〈파도타기〉 중에서

이묵돌

서울 지하철 0호선

수도권이 아닌 지방에서 살다가 상경한 사람이라면, 총천연색
의 선이 미로처럼 뒤엉켜 있는 '수도권광역전철노선도'를 보
고 한 번쯤 놀란 경험이 있을 것 같다. 적어도 나는 그랬다. 내
가 살던 대구에도 지하철이 있기야 했지만 2호선까지가 고작
이었고(지금은 하나 더 늘었다. 엄밀히 말해 지하철은 아니지만) 환
승역도 '반월당역' 하나밖에 없었던 것이다. 그때는 무수한 지
하철 노선과 역 이름을 외워야 한다는 생각에 수시로 머리가
지끈했었는데. 서울 사람이 된다는 건 복잡한 노선도를 이해
하고 받아들이는 것이 아니라, 그 복잡성이며 불가해성을 잊

어버리는 쪽에 가깝다.

우리의 인생은 실로 복잡하지만, 그 복잡함을 끊임없이 상기하다 보면 좀체 살아가기가 힘들다. 수도권에 산다고 해서 수도권 전철의 종류가 스무 가지에 달한다는 걸 알아야 할 필요는 없다. 어차피 대부분은 집 근처에 있는 노선만 반복해서 타니까. 단지 나는 이렇게 좁아터진 땅덩어리에 5000만 명이 넘는 사람들이 부대끼며 살아가고 있다는 것에, 또 그 좁은 땅의 일부분밖에 되지 않는 수도권에 2500만 명의 인구가 자리하고 있다는 것에 놀라곤 한다.

처음은 서울역이었다. 난생처음으로 경부선 상행선에 몸을 실었다. 네 시간의 여정이 끝나 종착역 플랫폼에 발을 내디뎠던 순간, 서울은 해가 다 뜨지도 않은 새벽녘이었다. 헤아릴 수 없을 만치 많은 사람들이 열차에서 쏟아져 나왔다. 또 일제히 약속이나 한 듯 바쁘게 계단을 올라갔다. 계단을 오르고 나서 내려다본 역 플랫폼은 더 신기했다. 시간에 맞춰 열차들이 하나둘 도착하고, 승객들이 내리고, 또 방향을 남쪽으로 바꿔 사람들을 태워 떠나는 일련의 모습이 어쩐지 마술처럼 느껴졌다. 내가 별 탈 없이 섞이기엔 너무도 정교하고, 지나치게 짜임새 있는, 그 신비로운 풍경에 몸 담그는 일에 덜컥 겁이 나기도 했다. 결국 그렇게 될 일이었는데도.

매일같이 집과 학교, 또는 직장을 오락가락하는 사람들이라면 지하철이라는 존재가 지겨울 법도 하다. 출근 시간 지하철 객실은 너무하다 싶을 만큼 인구밀도가 높다. 나는 직장 생활을 그리 오래 해본 입장은 아닌데, 아침 7시 신림에서 강남으로, 12시간이 지난 뒤 강남에서 신림으로 향하는 연두색 2호선에 몸을 담그고 나면 완전히 파김치가 돼 있곤 했다. 그땐 그런 사실이 정말 억울하고 화가 났다. 난 잠깐 다녔던 대학마저도 2호선이었는데. 이거야 그냥 내선 순환에서 외선 순환으로 바뀐 것에 불과하지 않느냐고. 재택근무로 접어든 요즘조차도 2호선 탈 일이 생길 때면 주욱 뒷골이 당긴다.

이렇게 지긋지긋하며 꼴도 보기 싫은 지하철이, 또 다른 누군가에겐 열렬한 덕질의 대상이라면 놀랄 만한 일이다. 더구나 그런 '철도 동호인'들의 규모가 국내에만 10만 명을 훌쩍 넘는다는 건 더 놀랍다. 인기 있는 드라마도 연예인도 아니고 전철을 보고 가슴이 두근거린다니. 그렇지 않은 취향을, 기호를 가진 사람들에겐 영 이해가 쉽지 않을 것이다. 개인적인 취미에 남한테 피해만 안 준다면 무슨 상관이겠느냐만.

철도에 대한 덕질, 이른바 철덕질의 역사는 생각보다 훨씬 오래됐다. 당장 위키백과에 검색만 해도 증기기관차 앞에 서서 빵긋 웃으며 촬영 중인 철덕들의 흑백사진이 있다. 이게 찍힌 연도가 1939년, 그러니까 2차 대전이 끝나기도 전의 일이다. 특히나 일본의 경우 비교적 좁은 영토에 각종 노선들이 아득바득 얽혀 있는 통에 철도 동호인의 규모가 세계적인 수준으로 발전했다는데, 하루키의 소설 『색채가 없는 다자키 쓰쿠루와 그가 순례를 떠난 해』에선 상당한 철덕력을 가지고 있는 다자키 쓰쿠루가 주인공으로 등장하기도 한다.

여기서 나오는 다자키 쓰쿠루라는 인물은, 제목에서 이야기하듯 '색채가 없는' 캐릭터다. 부족한 것 없이 자랐지만 어디 하나 특출 난 능력도 개성도 없고, 다른 누군가처럼 그럴듯한 삶의 목적이나 이유를 갖고 살지도 않는다. 취미라고 해봤자 어쩌다 재미를 붙인 수영, 그리고 출퇴근길의 전철역 벤치에 앉아 지나다니는 열차와 사람 들을 지켜보는 게 고작이다.

유난히 제목이 길어 보이는 이 장편소설에서, '역'이란 공간의 의미는 그저 전철이 도착하고 출발하는 것에만 그치지 않는다. 소설의 마지막 장에 이르러 다자키 쓰쿠루는 퇴근길의 신주쿠역을 지켜보면서 '가야 할 곳이 있는 사람들'의 모습을 생생하게 묘사한다. 그러고 나서 "다자키 쓰쿠루에게는 가야 할 곳이 없다"는 독백으로 문단을 마무리한다. 결국 역이란 사람들이 가야 하는 곳이자 떠나야 하는 곳이다. 그런 곳에 가만히 앉아 있다는 것은, 도리어 기댈 곳 없이 방황하고 있다는 방증이다.

떠올려보면 그 시절의 나에겐 항상 가야 할 곳이 있었다. 학교에 가야 했고, 아르바이트하던 가게에 가야 했고, 틈틈이 시간을 내 야구 경기가 있는 낯선 동네에도 가야 했다. 출발할 역도 도착할 역도 모두 마련돼 있었다. 그래서 어떻게 시작하고 끝낼지보다는 어떻게 중간 과정을 지나쳐 보낼지를 걱정하며 힘들어했다. 정말이지 이보다 더 답답하고 힘들 순 없으리라고, 이 고리타분한 과정만 지나 보내면 편하고 안락한 삶만이 펼쳐질 거라 생각했었다.

그 뒤로 여러 가지 일들이 있었다. 나는 다니던 대학을 때려치웠고, 처음으로 들어간 회사에서 쫓겨나다시피 나왔고, 심지어는 내가 만든 회사를 망치고 직원들을 전부 내보내야 했다. 사람에게 잔인한 이별을 겪었고, 꼭 그만큼 잔인한 이별을 겪게 만들었으며, 그 대가로 갈 곳 없이 마구 방황해야 하는 시기를 맞이했다.

그 무렵 나는 공덕역 플랫폼 벤치에 앉아 멍하니 시간을 죽이고 있었다. 모든 걸 잃어버렸고, 모두가 나로부터 떠나버렸다고 생각하면서, 아무 반응도 없이 몇 대의 지하철과 몇백 명의 사람들을 지나 보냈던 때가 내게도 있었다.

어느 것 하나 후회되지 않는 게 없었다. 회사를 세운 것, 서울에 온 것, 열심히 공부한 것, 사랑을 만난 것, 이런 사람으로 태어나 이런 인생을 계속 살아온 것까지. 잠시 기억조차 나질 않았다. 내가 어디서 왔지? 어디로 가고 있었지? 방금

전까지만 해도 나는 멈추지 않고 달리기만 하던 지하철이었는데. 이젠 단순히 지하에 앉아 있을 뿐이었다.

스크린 도어에 비친 내 나약한 몰골, 그 옆으로 문득 '수도권광역전철노선도'가 눈에 띄었다. 내가 있던 공덕역을 경유하는 노선은 총 네 개였다. 5호선, 6호선, 경의중앙선, 공항철도. 아, 그러고 보니 내가 타야 할 전철은 하나도 없었다. 가야 할 역도 가고 싶은 역도 없었다. 서울의 땅 밑에 이렇게나 지하철이 많이 다니는데도. 분명 그런 적이 있었다. 차라리 앉아 있던 그대로 전철역이 돼버린다면 좋을 성싶었던 시절. 떠날 수 없어 찾아와주길 바라던 마음이 내게 있었다.

제 리

혼나러 가는 길

집 밖에만 나오면 자꾸만 빌고 싶은 단어들이 떠올랐다. 집에 있었으면 하지 않았을 말들이 바깥에선 잘도 나왔다. 눈보다 먼저 마음이 부었고, 그만두고 싶은 마음보다 나를 더 생각해야만 했다. 바깥에선 나 자신이 가장 바깥이므로, 지키고 싶은 것들보다 지켜야 하는 마음이 더 강해야 한다고 믿었다. 그때 난 꽤 잘못된 방식으로 나를 지키고 있었다.

어른은 언제부터 어른이 되는 걸까. 혼자서도 밥을 잘 먹으면 어른인 걸까. 근데 왜 학교엔 어른이라고 부르고 싶은 사람들이 별로 없는 걸까. 나는 왜 아직 어른이 되지 못한 걸까. 나도 언젠가 어른이 되긴 하는 걸까.

　나이로는 어른이 된 지 한참이 지났는데, 어른에게 혼나러 학교에 가는 일이 잦았다. 들을 수업도 없는데 혼나기 위해 학교를 갔다. 전철을 갈아타며 오늘의 운세나 별자리 운세 같은 걸 읽었고 이제는 학교에 없는 선배를 생각했다. "야, 손금을 어떻게 보여주느냐부터 너의 운명은 이미 결정되고 있는 거야." 선배는 내게 누가 손금을 보여달라고 하면 앞으로는 꼭 손바닥을 힘껏 펼쳐 보이라고 했다. 그냥 듣고 넘기기엔 꽤 인상적인 말이었다.

　달이 가장 뾰족한 밤에도
　구름은 다치지 않는다
　나는 그 점이 마음에 들었다

　아직 선배에게 말하진 않았지만 언젠가부터 용기를 내야 할 때면 손바닥을 활짝 펼쳐보곤 했다. 혼나는 일에도 용기가 필요하다는 사실이 슬펐지만 혼나러 가는 길이면 꿋꿋하게 손바닥을 펼쳤다. 그리고 평소에는 잘 올려다보지 않던 하늘을 몇 번이나 지켜봤다. 새가 지나갈 때까지만 봐야지 생각하고 기다리면 머지않아 간략한 바탕을 딛고 새들이 날았다. 좋은 날이었다.

전철에 앉아 혼나는 연습을 했다. 어떤 자세로 앉을지 어떤 표정을 지을지 고민했다. 그땐 글을 잘 쓰는 방법보다 잘 혼나는 방식을 먼저 공부하던 시절이었다. 미리 준비해야 하는 것들은 이뿐만이 아니었다. 가지런히 손을 모으고 있을지 공손히 내려놓고 있을지도 고민이었다. 눈을 마주 봐야 하는지 아니면 고개를 숙이고 있어야 하는지 결정하는 건 하루 중 가장 어려운 일이었다.

혼나는 게 습관이 되자 고개를 반쯤 숙인 자세가 왜 이런 분위기와 어울리는지 저절로 알게 됐다. 눈을 마주쳤을 땐 어떤 풍경을 떠올리면 좋은지, 눈은 몇 번 깜박여야 적당한지도 알게 됐다. 물론 어떤 속도였어도 혼났을 테지만 '그래도 학교에서 배우는 게 있네. 나중에 선배에게 꼭 말해줘야지' 생각하며 애꿎은 손바닥만 쥐었다 폈다. 좀처럼 익숙해지지 않

233

을 마음이었다.

　그래도 연습한 대로 혼나고 나면 한결 마음이 편했다.
집으로 돌아와 액션 영화를 여러 편 몰아 봤다. 주인공이 밝고
강해서 착한 사람들은 아무도 다치지 않는 그런 영화였다. 영
화를 틀어놓은 채 잠이 들면 슬픔이 몇 킬로는 찐 기분으로
아침을 맞이했지만, 며칠 또 집에 있다 보면 괜찮아졌다. 한때
유명했던, 지금은 너무 어른이 된 감독과 배우가 나오는 영화
만 골라 본 적도 있었지만 차라리 혼나는 편이 나았다. 집에서
도 혼나는 기분이었다.

∞ 제리_대학원에서 가장 먼저 배운 건 혼나는 연습이었다. '글을 못 쓴다고 혼낼 거면
글로 혼내야지. 왜 자꾸 말로 혼내' 같은 서운함이 아직 꽤 남아 있다. 그리고 제때 온다고
해놓고 늘 늦게 오던 경의중앙선에 대한 서운함은 아직 많이 남아 있다.

핫펠트

스물한 살, 뉴욕의 지하철

2009년, 스물한 살의 나는 뉴욕에 살게 되었다. 대부분의 시
간 나는 혼자였고(물론 멤버들이 있었지만 정해진 스케줄 외의 시간
은 각자 보냈다) 어딜 가나 귀를 쫑긋 세우고 눈을 크게 뜬 채로
대화를 나눠야 했으며 세상은 지독히 낯선 것들로 가득했다.
혼자 돌아다니는 영어를 잘 못하는 동양인 여자인 내게 캣콜
링은 일상다반사였고, 때때로 외국어 학원에선 놀림거리가 되
기도 했으며 각종 희한한 사람들의 타깃이 되고는 했다. 대낮
에 헬스장에서 운동을 하고 있으니 다가와서 자기가 돈이 많
다는 소리를 늘어놓는 남자가 있는가 하면, 금발로 염색을 하

고 돌아다니니 너의 뿌리를 존중하라며 고함을 지르는 할아버지도 있었다. 그들의 의도를 제대로 해석하려면 15초 정도의 딜레이가 걸리는 내 영어 실력에 내 의도를 제대로 담은 말로 맞받아치기란 거의 불가능에 가까웠다. 그저 웃어주다가 황급히 자리를 피할 뿐이었다.

사람을 관찰하는 버릇이 생긴 건 그 무렵이다. 상대방의 말이 어디로 향하는지 끝나기 전에 알아야 했다. 모르는 단어와 처음 듣는 표현 앞에서 마냥 웃어주고 동의했다간 바보가 되기 십상이었다. 눈빛, 손짓, 입꼬리부터 몸의 방향과 목소리의 높낮이까지 주어지는 모든 정보를 분석한다. 많은 사람들이 상대방이 그 언어를 잘 모를 때 더 많은 정보를 준다. 반은 의도이고 반은 무의식이다. 저 사람이 알아들을 리 없다고 생각하기 때문이다.

당시 뉴욕의 지하철은 인터넷이 터지지 않았고 전화나 문자도 잘 안됐다(지금은 어떤지 모르겠다). 혼자 브로드웨이 댄스 센터로 레슨을 받으러 갈 때나 타임스 스퀘어의 교회에 갈 때 할 수 있는 건 이어폰을 귀에 꼽고 앉아 같은 칸의 사람들을 관찰하는 일뿐이었다. 사실 꽤나 재밌었던 게 너무나 다양한 사람들, 말 그대로 세계 각양 각지의 사람들이 지하철 단한 칸에 모여 있었기 때문이다. 북유럽의 어딘가에서 온 듯한가족들은 하얗고 상기된 볼에 패딩을 입고(한여름인 경우도 많았다) 〈라이온 킹〉이나 〈위키드〉의 팜플렛을 읽곤 했다. 힙해보이는 흑인 커플은 누구의 시선도 아랑곳하지 않고 뒤에서껴안은 채 속삭이거나, 여기저기 키스를 하곤 했다. 그 외의수많은 뉴요커들, 그러니까 책이나 신문을 읽는 사람, 나처럼음악을 듣는 사람, 무표정하게 앉아 있는 사람, 생김새부터 옷차림까지 전혀 다른 사람들을 관찰하며 저 사람의 직업은 뭘지, 저 사람의 고향은 어디일지, 저 사람은 어디에서 내릴지를상상하다 보면 지루할 틈이 없었다.

쉬는 날엔 가끔씩 목적지 없이 지하철을 탔다. 한참 〈가십걸〉이라는 미드에 빠져 있을 때였다. 딱히 갈 일도 없었지만어퍼 이스트 사이드라는 동네가 궁금했다. 지도를 보고 무작정 어퍼 이스트 사이드로 올라가는 지하철을 탔다. 51가 근처를 지나자 토리 버치 슈즈를 신은 한 무리의 여자아이들이 탔다. 중고등학생쯤으로 보였는데 하나같이 말랐고, 핸드폰은 블랙베리였다. 뉴욕에 유행이라는 건 없다고 생각했는데, 바보 같은 생각이었다. 어딘가 시크하면서 부티나는 그녀들은 말 그대로 〈가십걸〉에서 튀어나온 것 같았고, 마침 갈 곳 없던 나는 그녀들이 내리는 곳에서 적당히 따라 내렸다. 북적이는 타임스 스퀘어와는 전혀 다른 한적한 동네였다. 정처 없이 걷다가 옷가게가 하나 있어 들어갔다. 지하철 안에서 본 것 같은 소녀(옷차림과 생김새 탓이다)와 엄마가 쇼핑 중이었다. 나도 기분 전환이나 할 겸 옷 좀 골라볼까 하는데 가격표를 보니 내가 살 수 없는 옷이었다. 디자이너 브랜드 편집숍이었던 것이다. 하하하. 여긴 어퍼 이스트 사이드였다.

정처 없는 지하철 여행에 매력을 느낀 나는 짜릿한 모험(?)을 계획했다. 그날은 내 생일이었는데 저녁엔 다 같이 모여 식사를 하기로 했고, 다들 그때까지는 내 선물을 사러 돌아다닌다고 했다. 할 일이 없어진 나는 금단의 구역, 브루클린에 혼자 입성하기로 했다. 당시만 해도 회사에서는 절대로 브루클린 근처에 가지 말라고 신신당부를 했었다. 실제로 그쪽 동네에서 탈을 당한(?) 이들도 있었다. 하지만 내겐 예술가들의 동네, 걸출한 아티스트들을 배출한 성지였고 멤버들을 데려갔다가 탈이 나느니 혼자 조용히 구경해보고 싶었다. 인터넷을 뒤져보니 메인 길은 완전히 번화가였고, 그다지 위험해 보이지 않았다. 윌리엄스버그. 그래. 여기 가서 스윽 둘러보고 오지 뭐. 그렇게 나는 부푼 꿈을 안고 지하철에 올랐다.

맨해튼을 벗어나자 다양했던 인종은 확연히 줄었다. 타고 있던 지하철 안에서 동양인은, 그러니까 다른 피부색을 가진 이는 나 혼자였다. 어쩐지 조금 긴장되고 떨렸다. 역에서 나와 둘러본 거리는 신기했다. 직접 만든 액세서리나 빈티지 옷을 파는 가게들을 둘러보다 시간 가는 줄 몰랐다. 어떤 가게에 가야겠다거나 어느 음식점에 가야겠다는 생각 없이 왔으므로 발 닿는 대로 걸었다. 들뜬 마음이 발걸음을 재촉했다.

그렇게 나는 길을 잃었다.

번화가가 나올 줄 알았지만 어느새 나는 끝없는 주택가에 들어서 있었고, 길에는 사람이 없었다. 한 블록에 한 명이 지나갈까 말까 했다. 길눈도 어둡고 지도도 잘 볼 줄 모르며 시력 자체도 좋지 않은 내가 할 수 있는 거라곤 대충 걷다가 지하철역이 나오길 기대하는 것이었는데, 여긴 브루클린이었다. 몇 블록만 걸으면 지하철역이 뿅 하고 나타나는 맨해튼과는 달랐다. 걸어도 걸어도 끝이 없고 핸드폰은 먹통이 됐다. 때마침 지나가는 남자는 "Hey beautiful~" 하고 끈적한 미소와 함께 윙크를 날렸다. 덜컥 겁이 났다. 지금 당장 저 남자가 나를 끌고 가도 나를 구해줄 수 있는 건 아무것도 없다. 말 그대로 아무것도 없었다. 빠른 걸음으로 걸었다. 눈물이 그렁그렁 맺혀왔다. 나 오늘 생일인데. 여기서 잘못되면 안 되는데. 집에 어떻게 가지. 그러게 왜 하지 말라는 짓을 해서….

그때였다. 태어나서 본 중에 가장 허름한 — 굉장히 클래식한 차가 내 옆으로 섰다. 창문 너머로 한 여자가 말했다. "Are you lost?" 나는 얼른 대답했다. "Yes…!" 그녀는 다시 물었다. "Do you need help?" 그녀는 아마 내가 영어를 못한다고 생각한 것 같다. 그건 반쯤 맞다. "Yes…!" 또 얼른 대답했다. 어딜 찾느냐고 그녀가 물었다. 윌리엄스버그라고 답했다. 그녀가 차에 타라고 말했다. 저 여자를 믿어도 될지 알 수 없으나 여기서 밤을 맞이하는 것보단 나을 것 같아 얼른 조수석에 올라탔다.

그녀는 30대 초반쯤으로 보였다. 운전석과 조수석 사이에는 성모마리아 상이, 차 안 여기저기에도 역시나 비슷한 가톨릭을 상징하는 스티커들이 붙어 있었는데 고향이 남미 어딘가인 듯했다. 조수석 쪽 창문은 손잡이로 돌려서 여는 식이었는데 그나마도 깨져 있었다. 차 안은 꽤 더러웠고 알 수 없는 물건들이 많았는데 묘하게 아늑했다. 분명 좋은 사람이었다.

"이 동네는 너 같은 여자 혼자서 돌아다니면 안 돼." 그녀가 말했다.

"맞아. 그렇게 들었어." 내가 기어가는 목소리로 대답했다.

"그래도 다행이야. 마침 내가 그 근처에 사니까 말이야. 하하하." 그녀가 아무렇지 않게 말했다.

어쩐지 눈물이 날 것 같아서 더 말을 못 했다. 그녀는 더 말을 이어갔지만 반도 알아듣지 못했다. 차 안에선 기분 좋은 향이 났다.

그녀는 말 그대로 윌리엄스버그 근처에 살았다. "여기가 내 집이야" 하고 그녀는 자기 집 앞에 차를 세우고는 "저쪽으로 걸으면 바로 지하철역이 나올 거야" 하고 알려주었다. 땡큐, 땡큐 소머치를 연발하고 지하철역으로 냅다 뛰었다. 집으로 가는 길에 그녀의 이름과 전화번호를 물어볼걸, 하는 생각이 들었지만 곧 그녀와의 만남이 꿈일지도 모른다는 생각도 들었다. 나와는 전혀 다른 세계의 사람이었다.

미지의 세계처럼 느껴지던 그곳을 이후로 자주 가게 되었다. 평범한 동네였고, 활기찼고, 더는 무섭지 않았다. 귀가 뜨이고 입이 열려서인지, 눈에 익은 탓인지는 모르겠다.

가끔은 서울에서도 지하철을 타야겠다.

∞ 햄릿_코로나 시국이 끝나고 다시 뉴욕을 여행할 수 있는 날이 오길. 뉴욕의 지하철이 그리워요.

언젠가,
버리고 싶은

김겨울

평형이거나 욕심이거나

버려야 할 것, 버렸던 것, 버려야 했던 것, 버리느라 고생했던
것, 버렸지만 아까웠던 것, 버렸다가 되찾은 것, 버리고 후회
한 것, 버릴 예정인 것이 아니라 '버리고 싶은 것'이라니. 이럴
때 근사하게 버리고 싶은 것의 목록을 설명하면 좋겠지만 나
는 그런 훌륭한 사람은 못 된다. 버리고 싶은 물건이 딱히 없
는데, 생각했다가, 버리고 싶은 습관과 지저분한 마음 같은 것
들이 머릿속을 스쳐 지나가고, 그건 너무 뻔한 이야기가 될 것
같다는 생각에 나는 그것들을 슥슥 지워버린다. 그런 것들을
다 버리면 그게 수도승이지.

지금은 버리고 싶은 게 특별히 없으니 버리고 싶었던 것을 되짚어본다. 어떤 때는 내가 타고난 기질이나 특성, 환경을 다 갖다 버리고 싶었고, 어떤 때엔 관계에서의 쓸데없는 인내심과 부족한 사회성도 탈탈 털어버리고 싶었다. 요컨대 나는 나를 갖다 버리고 싶었다. 하지만 그럴 수는 없으니까, 술을 내 몸에 갖다 버리거나 나를 위험한 상황 속에 갖다 버렸다. 머리 위로 쓰레기봉투 꽁지를 묶는 것만 같던 나날들이 있었다. 하지만 쓰레기가 된 기분으로 사는 것도 돌이켜보면 그다지 나쁘진 않았던 것 같다. 어쨌든 뭔가 저질렀다는 뜻이니까.

그러니까… 나에게는 버리고 싶은 게 없다.

현관에는 아직 뜯지 않은 택배와 택배를 뜯고 나서 버리게 될 재활용품들이 쌓여 있다. 깨끗한 현관을 좋아하는 나는 재활용품이 쌓일라치면 갖다 버린다. 나가는 길에 한두 개씩 들고 나가면 금방이고, 바빠서 쌓이더라도 작정하고 쓰레기장을 두어 번 왕복하면 그만이다. 부엌에는 음식물 쓰레기 봉투가 있고, 봉투는 채워질 때마다 금방 사라진다. 가능하다면 음식물 쓰레기 없는 부엌을 오랫동안 유지하고 싶다. 머리카락이 바닥에 굴러다닌다 싶으면 진공청소기가 등장하고, 세면대에 물때가 끼면 수세미가 등장한다. 버려야 할 것을 그때그때 버리니 버리고 싶은 게 남아 있을 틈이 없다.

가끔은 악몽을 꾼다. 할 수만 있다면 다 바꿔버리고 싶었던, 리셋 버튼을 누르고 싶었던, 사라지고 싶었던, 없었던 일로 하고 싶었던 시절이 불현듯 찾아온다. 나는 자리에서 일어나 찬물을 마시고 몸을 푼다. 튼튼한 글을 읽는다. 나의 악몽을 결코 버릴 수 없으리라는 사실을 받아들인다. 그것은 나의 일부분에 불과하다는 것을 상기한다. 그게 인간임을 받아들인다. 그것들을 버리고 싶어 하면 나는 더 이상 내가 아니게 된다는 단순하고 고통스러운 사실을 꼭꼭 씹어 삼킨다. 나는 글처럼 튼튼해진다. 글처럼 집요해진다. 글처럼 단순해진다. 글처럼 몸을 뻗는다.

그러니까 나에게는 버리고 싶은 게 없다.

혹은 그저 모든 것에 미련을 가지고 있어서 그런 것일

까? 내가 쓸데없이 나를 사랑해서 버려야 할 것마저도 부둥켜 안고, 내가 쓸데없이 물욕이 많아 버려야 할 물건을 끌어안고 사는 것인지도 모른다. 그렇다면 버리고 싶은 게 없다는 것은 성실의 결과물이 아니라 욕심의 소산이다. 더 버릴 것도 더 가질 것도 없는 평형 상태를 유지하고 싶어 하면서도 깔끔한 삶을 향해 비워낼 용기는 없는 지질한 소시민의 맥시멀리즘. 과감히 이웃을 위해 내놓거나 궁금한 분야에 뛰어들거나 마음을 어지럽히는 잡념을 버리거나 무소유를 실천할 마음의 준비 따위 되지 않은 평범한 욕심. 이제서야 겨우 손에 잡힐 듯 어른거리는 삶의 안정을 놓칠까 봐 전전긍긍하는 불안. 미련과 욕심과 불안으로 바라보는 나는 평범하기 그지없고, 평범보다 조금 못나기까지 하다.

나는 안전한 집에 살면서 굶지 않고 싶고, 사랑하는 사람들과 좋은 시간을 보내고 싶고, 불평 없이 이웃을 돕고 싶다. 전에 없던 욕망들이 뽀글뽀글 생겨나는 게 낯설다. 나는 휘청이고 싶었고, 자유롭고 싶었고, 그러다 미련 없이 죽고 싶었다. 지금도 마음 한편에는 집시 여인이 춤을 추는데 나는 그녀와 종종 나누는 대담에서 번번이 패한다. 그녀는 나에게 더 많은 지분을 요구한다. 우리가 불안에 떨었던 행복한 시기를 상기시킨다. 우리나라며 외국이며 가벼운 몸으로 곳곳을 누비고 다니는 언니와 형부가 지난주에 샤인머스캣을 따다가 가져다주었는데, 그걸 먹으면서 집시 여인에게 조금 사과했다.

투명한 젤리 케이스를 아무거나 하나 사다가 후원하는 단체의 스티커를 덕지덕지 붙이고 다닌다. 나는 집시 여인에게 사과하는 대신 이런 성취도 있다고, 그녀에게 자랑한다. 벌써 이만큼이나 된다고. 계속 계속 늘릴 거라고. 그러니까 나를 조금 용서해줄 수 있냐고.

버리고 싶은 게 없다. 중년에 접어들면 생기게 될까. 혹은 지금을 후회하게 될까. 이 무거운 짐들을 다 갖다 버리고 싶어 하면서.

∞ 겨울_저와 집시 여인은 클래식 피아노를 치는 것으로 잠정적인 합의를 보자는 협상을 마쳤습니다.

248

박종현

찐빵 몽상

'팥 없는 찐빵'이라는 말을 찐빵의 입장에서 생각하면 왠지 슬퍼진다. 그러니까 찐빵인 내가 찐빵인 것은 말 그대로 찐 빵이기 때문인데, 팥이 들어 있지 않다고 해서 사람들에게 비난을 받는 것도 모자라 애초에 나의 '정수'가 팥인 것처럼 여겨지는 셈인 것이다. 드라마의 한 장면으로 표현하면 이런 느낌이다.

　- (팥 없는 나를 보며 당황한 표정으로) 이런 모습 낯설어. 너답지 않아.

- (분노하며) 나다운 게 뭔데?

그렇지만 수천만 명이 쓰는 관용어구의 주인공이 될 만큼 찐빵이라는 존재를 존재감 있게 만들어준 것이 팥과의 찰떡궁합임에는 틀림이 없다. 찐빵은 철학자 모드가 되어 중얼거린다. '팥이 없는 나는 지금처럼 나일 수 있을까? 팥이 있어야만 나일까? 그게 없다면 나는 진정한 찐빵일까? 진정한 찐빵이란 무엇일까? 야채를 넣으면 야채 찐빵이고 고기를 넣으면 고기 찐빵인 나는 앙금으로 비로소 규정되는 존재인 것일까?' (질문이 꼬리를 문다.)

*

찐빵은 음악가다. 가장 편히 다루는 악기는 여섯 살 때부터 친 피아노다. 하지만 라이브 클럽에서 첫 오디션을 볼 때 어쿠스틱 기타를 들고 올라간 뒤로, 피아노 대신 기타가 그에게 팥 같은 존재가 되었다.

드러머였다가 밴드를 꾸려 보컬로 활동하던 C형이 말했다. "악기 놓고 노래만 하니까 세상 편하다." 솔로 프로젝트와 밴드를 병행하며 기타를 잡았다 놓았다 하는 S형도 말했다. "악기 절대 놓지 마. 한번 놓으면 다시 잡기 싫어진다?" 어쿠스틱 기타와 한 몸인 것처럼 무대를 살아오던 찐빵은, 악기를 '버리고' 몸만 무대에 올라가는 감각은 어떤 것일까 꽤 오래 궁금해했다.

마침내 기회가 왔다. 전자음이 여럿 섞인 음원들을 발표한 참에, 단독 공연에서 MR 반주를 써 보자고 결심했다. 공연의 절반은 기타를 쓰고, 나머지 절반은 녹음된 연주를 쓰기로 했다. 형들이 말하던 자유의 기분은 어떨까, 찐빵은 꽤 기대했다. 하지만 그 부푼 감정은, 리허설 현장에서 기타를 옆에 내려놓는 순간에 사라졌다. 10년 넘도록 무대 위에서 몸의 절반을 가려준 거대한 물체가 없어지면서, 그야말로 발가벗은 느낌이 들었다. 의자에 앉은 상반신과 스탠드 마이크 사이의 거대한 공간이 어색하기 그지없었다. 두 손은 갈 곳을 몰라, 마이크를 잡다가 또 무릎에 다소곳이 놓다가 하며 허우적거렸다. 악기 뒤에 숨어 있던 몸의 절반이 표현의 방식을 몰라 난감해했고, 안고 있던 앙금이 갑자기 쏙, 빠진 찐빵이 되어 정신까지 흐물해졌다.

251

*

물론 찐빵은 기타를 사랑한다. 기타를 통해 많은 사람들과 음악으로, 사람으로 만났다. 생계에도 도움을 준다. 때론 안고 있는 것만으로 견디기 어려운 순간들을 지나가게도 한다. 기타 없는 찐빵의 20대는 찐빵 스스로도 상상하기 힘들다. 버틸 수 있었을까? 아닐 것이다.

그렇지만 기타가 없는 찐빵도 찐빵이라고, 나아가 기타가 없는 찐빵이야말로 찐빵이라고 말해보고 또 느끼고 싶을 때가 가끔은 있는 것이다. 살면서 내 몸에 '붙어' 한 몸인 것처럼 여겨질 정도가 된 어떤 것들을 잠시 떼고 후련해지고 싶은 순간들 말이다. 기타 말고도 '그런 것들'은 많다. 살아갈수록 습관이라는 이름으로, 성격, 스타일, 이미지라는 이름으로 남들 앞에서 매일같이 입는 것들이 늘어난다. 그러다 보면 그것들을 포함한 어디까지가 애초부터 '나'의 일부였거나 아닌지 도무지 헷갈리지만, 어쨌든 안고 살며 살아간다. 그게 막 나쁘지는 않지만 문득 피곤할 때도 있고, 다른 의미의 '앙금'처럼 느껴져 서러울 때도 있다.

종종 몽상을 한다. 무대에서 기타에 마이크까지 다 치

워버리고 홀로 남아 춤을 추는, 진정으로 흐물흐물한 찐빵의 찐빵 같은 것을 생각한다. 사실 찐빵은 춤 감상을 엄청나게 좋아한다. 몸의 모든 가능성을 남김없이 사용하면서 공간에 표현하는 모습을 경외한다. 그렇다고 몸치에 가까운 찐빵이 기타를 버리고 춤과 함께 무대에 오르는 일은 없겠지만, 다른 '나'의 가능성을 생각으로나마 열어보는 일은 즐겁다. 이것저것 안고 살다가 몽상하며 벗어내고, 또 그러다 애틋하게 끌어안고, 어떤 건 아예 버리기도 하고, 아마 그렇게 갈 것이다.

∞ 종현_ "한번의 꿈만으로 모든 걸 뒤엎을 순 없어 / 그래도 넌 꿈을 꿔"
- 3호선 버터플라이, 〈꿈꾸는 나비〉 중에서

이묵돌

아니, 뭘 가졌는지부터 먼저 물어봐야 하는 거 아니냐

어쩔 땐 순서대로보다 거꾸로 헤아리는 쪽이 빠르다. 가령 1에서 100 사이의 숫자를 센다고 했을 때, 71이나 96 같은 숫자는 맨 뒤쪽부터 세는 것이 훨씬 효율적이다. 원래대로라면 각각 일흔한 개, 아흔여섯 개를 세어야 할 것을, 거꾸로 진행할 경우 서른 개와 다섯 개씩만 세면 되기 때문이다.

이런 이유로, 나는 내가 '버리고 싶은 것'을 이야기하기 위해서 '버리지 못할 것'을 말하는 쪽이 낫다고 판단했다. 전자의 방식으로 쓰기 시작한다면 차라리 책 두 권 정도의 분량을 생각해두어야 하는데, 마감 시간의 촉박함보다도 아침에 가볍게 읽을 만한 분량이 결코 아니라는 점에서 자제할 필요가 있었다.

하지만 그 얘기를 하기 전에 '버린다'는 표현을 어디서부터 쓸 수 있는지를 생각해봐야 할 것 같다. 버린다는 개념이 있기 위해서는 '가진다'는 개념도 있어야 하는데, 이게 고민하면 할수록 복잡한 문제였다. 무언가를 '가졌다'고 말하기 위해서, 나는 과연 어떤 조건들을 만족해야 하는 걸까?

첫 번째, '어떤 대상에 매겨진 값을 정당한 방법으로 지불하고 소유권을 양도받는 것'을 '가진다'고 여길 수 있을 것 같다. 실제로 우리가 사는 자본주의 사회에서는 무언가 '갖고 있다'고 했을 때, '아, 본인이 돈을 주고 산 것이구나' 하고 지레짐작하는 경우가 대부분이니까. 그러나 여기서 '정당한 방법'이란 무엇인가. 본인이 피땀 흘려 번 돈으로 사면 정당하고, 부모님에게 손을 벌리거나 타인에게서 불법적인 방법으로 강탈한 돈으로 사면 부당한 것일까? 할부는 어떨까. 약속된 방식으로 돈을 지불하긴 하는데, 일시불이 아닌 오랜 기간에 걸쳐 지불하는 것이다. 여기에 과반의 원칙을 적용해서 비용의 50

퍼센트 이상을 상환하고 나면 '그건 내 것'이라고 할 수 있을까? 글쎄. 아닌 말은 아니어도 영 개운치가 않다.

두 번째, '내가 원하는 시간과 장소에서 원하는 방식으로 사용하고 통제할 수 있는 것'을 들 수도 있다. 하기야 어떤 사람은 현대에 접어들면서 소유라는 개념이 파괴됐다고까지 이야기한다. 자동차만 하더라도 이미 리스 시장이 커질 대로 커졌고, 요즘 들어선 주거 공간을 공유하며 사는 생활양식도 일반적인 케이스가 됐다. 내게 필요한 무언가를 마음대로 사용하기 위해 반드시 '소유'할 필요가 없어진 것이다. 적절한 절차에 따라 빌리기만 하면 되니까. 다만 이런 것으로 '가진다'라는 개념을 갈음하기에는 다소 무리가 있다. 우리는 빌려온 무언가를 아무렇게나 쓰고, 원래 자리에 돌려놓거나 심지어 잃어버릴 수는 있을지언정 버릴 수는 없기 때문이다.

요컨대 버릴 수 있으려면 가져야 하는데, 가졌다고 말하려면 버릴 수 있어야 하는 것이다. 나도 글 쓰는 입장에 있긴 하지만 참 골 때리는 소재가 아닐 수 없다. '아, 뭐야. 그냥 간단하게 생각하면 안 되나? 그냥 집에 있는 물건 중에 곧 내다 버릴 것들에 대해 쓰면 될 텐데…' 같은 생각은 나 역시도 한다. 나도 이렇게 복잡하게 생각하는 내가 싫지만, 어쩌겠는가? 지금 내겐 자산보다 부채가 훨씬 더 많고, 그 말인즉 사회가 '마음만 먹으면' 내가 입고 있던 팬티 한 장까지 — 물론 이런 건 줘도 안 가질 공산이 크지만 — 몽땅 앗아 갈 수 있다는 의미이기도 하다. 당장에 내가 두들기고 있는 타자기도, 책장에 꽂혀 있는 세계문학전집도, 진흙이 잔뜩 묻어 세차가 필요한 자동차와 매일 밤 누워 잠드는 침대 그리고 내 가치 이상으로 날 아껴주는 주변 사람들까지. 나를 둘러싼 모든 것들은 '어느 날 갑자기' 휙 떠날 수 있는 존재만으로 구성돼 있다. 그래서 나는 마음대로 할 수가 없고, 뭔가를 버린다는 행동 자체도 몹시 아득한 일인 것처럼 느껴진다. 난 대체 뭘 가지고 있단 말인가?

*

　사람은 원칙상 소유될 수 없다. 누구도 타인의 신변을 사거나 팔 수 없도록 법에서 규정해놓기도 했거니와, 딱히 누구라고 할 것도 없이 전 인류가 갈망해 마지않는 가치가 자유이기도 하다.

그럼에도 우리는 나 아닌 누군가를 '가졌고' '차지했으며' 자신의 것으로 '만들었고' 심지어는 '정복했다'고까지 떠드는 사람을 마주친다. 그야 그 가졌다는 의미가 신체를 구속하거나 사상을 속박하는 등 문자 그대로의 의미를 가지고 있진 않겠지만, 이러나저러나 오만불손한 표현이라는 점은 확실하다. 범죄적인 요소, 즉 물리적인 획득을 가정하지 않는다고 하면, 타인에게서 가져올 수 있는 것이라곤 정신적인 부분밖에 남지 않는데…. 마음을 준 사람 이외의 누가 타인의 마음을 '가졌다'고 생각하고 말할 수 있나? 누가 내게 마음을 주었는지를 알 수 있는 건 마음을 가진 당사자밖에 없는데 말이다.

결국 내가 말하고 싶은 건, '버린다' 이전에 '가진다'는 말이 얼마나 지리멸렬한 표현이냐는 점이며, 우리의 상상 이상으로 터무니없고 애매모호한 개념이냐는 점이다. 정말이지 가진다는 말 자체도 근본이랄 게 없다. 독일의 사회심리학자인 에리히 프롬이 『소유냐 삶이냐』에서 언급한 바에 따르면, 많은 언어가 '갖는다'라는 말이 없어 '그것이 내게 있다'라는 식으로 표현한다.

애당초 버린다거나 가진다는 것 자체는 인간의 본능이라기보다 인공적으로 착상된 개념에 가깝다. 그리고 나는 살면서 이 '소유에 대한 집착'만큼이나 인간의 슬픔이 선연한 일면을 보지 못했다.

우리는 무언가를 가지고 있다는 확답을 받는 것만으로 영속적이고 완전한 소유를 인정받길 원한다. 또 영원토록 자신의 존재 의미를 장식하고 기념해주길 희망한다. 한번 소유한 것은 '내가 버리기 전까지' 잃어버리지 않는다고 생각하면서, 이미 가진 것들에 대해서는 나날이 사랑하는 법을 잃어가기만 한다. 소유에 끝이 없다는 것쯤 모두가 알고 있는 사실이지만, 종종 우리는 갖고 있던 것을 버려서라도 새로운 무엇을 소유하려든다. 책이나 휴대폰, 바퀴 달린 고철 덩어리와 노이즈캔슬링 기능이 있는 헤드폰은 말할 것도 없고. 하물며 가장 아끼는 사람이나 오랫동안 찾아 헤매던 사랑까지도 그렇다.

그래서 나는 무언가 버린다는 마음 자체를 버리고 싶

다. 그 무엇도 가졌다 생각지 않으면서, 매일매일의 햇살과 빗줄기와 마주치는 사람, 경험하게 될 이야기들을 사랑하고 싶다. 내가 마음 아주 깊은 곳에서, 진심으로 그럴 수 있는 사람이길 바란다.

좌우지간 여기서부터는 얼마든지 길어질 수 있는 이야기다. 지금은 현관에 분리수거할 쓰레기들이 잔뜩 쌓여 있는 관계로, 글을 줄이기로 한다.

∞ 묵돌_ 플라스틱 컵 버릴 때는 내용물을 꼭 버리고 내놓자고요. 감사합니다.

제리

가장 먼 집

아는 동네에서도 길을 잃을 만큼 마음이 허물어지던 시절, 하루에도 몇 번씩 '집에 가고 싶다'고 생각했다. 어쩔 땐 속으로 한 말이 입 밖으로 튀어나와 "나도" 같은 대답을 듣기도 했다. 처음 가본 동네에서 얼굴도 모르는 사람을 기다리는 일이 잦았고, 어쩔 땐 약속을 까먹었다는 통보를 받기도 했다. 그럴 땐 근처 벤치에 앉아 고마운 사람들에 대해 이야기했다. 눈을 마주 보고 우리의 이야기를 끝까지 들어주던 사람들이었다. 아직 오지 않은 사람을 기다리며 내일도 아니고 내년도 아닌, 1년 뒤 우리를 생각했다. 멀리 생각해야 멀리 갈 수도 있다고 믿었다.

　퇴근하고 집에 돌아오면 불도 켜지 않고 누워 밤이 오
길 기다렸다. 텔레비전도 켜지 않고 누워 낮고 좁은 천장만 쳐
다봤다. 그땐 하루에도 몇 번씩 거절당하는 일이 많았고, 두어
달 살아 보고 싶은 도시를 찾는 일도 멈춘 지 오래였다. 다정
한 몇 마디가 그리워 친구를 만날까 고민해봤지만 곁에게 연
락할 마음조차 내일을 위해 아껴둬야 했다. 저녁엔 낮에 들었
던 말들이 불쑥 찾아와 천장을 덮었고, 새벽을 틈타 악몽이 한
보따리씩 쏟아지기도 했다. 누구를 기다릴 수도, 기다리게 할
수도 없을 만큼 좁아진 저녁이 계절도 없이 반복되고 있었다.

　주말만 되면 멀리 떠나고 싶은 마음을 달래느라 시간
을 다 보냈다. 금방이라도 뛰쳐나갈 것 같던 마음도 지쳐갈 무
렵, 어려웠던 하루들을 한데 모아 가본 곳 중 가장 먼 숲으로
여행을 떠났다. 하늘도 파랗고 바다는 더 파란 곳들도 보고 싶
었지만, 길을 잃기엔 숲이 더 어울릴 것 같았다.

　제법 오랫동안 기다린 풍경인데 겨우 이틀을 머무는

게 전부였다. 그래도 숲을 비집고 들어가 다시는 돌아가지 않을 사람처럼 짐도 풀었다. 흙을 고르고, 돌을 치우고, 빛이 덜 드는 자리를 골라 그늘막도 쳤다. 오래 살 집을 고르는 일이라면 하지 않았을 일이었다. 나는 그것도 모자라 이미 충분히 좁아진 하늘에 천을 덧대어 몇 개의 그늘을 더 만들기도 했다. 조그만 앞마당도 꾸미고, 창이 있음 좋겠다 싶은 자리를 골라 의자를 펼쳐놓는 것으로 풍경을 이틀씩 걸어 잠갔다. 멀리서 보면 제법 살고 싶은 집 같았고, 들어가보면 바깥에 누운 기분이 드는 썩 괜찮은 집이었다.

*

보이는 게 초록뿐이니 하루 종일 나무의 기분을 떨칠 수 없었다. 비가 오면 나뭇잎은 어떤 생각을 할까. 종이컵은 나무였던 순간을 기억할까. 가뭄이 오래된 숲은 굵어지는 기분일까 아니면 가늘어지는 기분일까. 좋은 사람과 나란히 누워 좋은 노래를 들으면 착한 마음들이 다시 돋아날까. 혼자 우는 사람은 착한 사람이라 그런 걸까. 그래서 저녁은 뭘 먹으면 좋을까. 근데 왜 그 사람들은 우리에게 그런 말을 했을까.

아침에는 일찍 일어나 좋아하는 노래를 반복해서 들었다. 읽고 싶은 마음이 들 때만 책도 펼쳤다. 오래 기억하고 싶은 문장을 발견하면 밑줄을 긋는 대신 눈을 감고 고개를 젖혔다. 머지않아 올려다본 곳엔 여러 모양으로 쪼개진 하늘들이 떠다녔고, 잎사귀처럼 얇아진 하늘들도 여러 번 겹쳤다 다시 흩어졌다. 작은 바람 한 점에도 하늘이 갈라지고 구름이 부서졌다. 쉴 틈 없이 흔들리는 숲 위로 하늘이 여러 번 떨어지기도 했다. 그래도 어느 것 하나 파랗지 않은 것이 없었다. 모두가 하늘이었다.

위태롭게 좁아진 하늘과 또 다른 하늘 사이를 새떼들이 아무렇지 않게 넘나들었다. '새들은 경계선 위를 날지 않는다.' 이런 문장을 본 적이 있었나? 생각하다 말고 그 사람도 나처럼 숲에 있었겠구나 생각하면 괜히 반가웠다. 눈을 오래 감았다 뜨면 기다린 만큼이나 길게 유성 같은 것들이 눈가를 스쳐 지나갔다. 오늘따라 지구가 빨라진 것 같았고, 처음으로 어지러운 기분을 '좋다'라는 말로 바꿔 써도 괜찮겠다고 생각했다.

밤에는 좋아하는 음악 하나 없이 술을 마셨다. 모두가 잠들어 조용해지면 섬세하게 깎인 형용사를 켜며 숲이 한껏 바빠졌다. 목소리를 아끼지 않는 건 풀벌레이거나 잎사귀였고 낮에 본 문장에 밑줄을 그었다면 비슷한 소리가 났을 거라고 생각했다. 나는 아무리 훔쳐봐도 들키지 않을 만큼 짙은 밤을 틈타, 아직 얼굴도 못 본 사람을 실컷 미워하며 잠에 들었다.

숲에서는 생각보다 많은 글을 읽을 수 없었다. 글보다 생각이 많았고, 풍경만큼 아름다운 문장도 몇 개 발견하지 못했다. 일부러 찾아 들어가 문을 깊게 걸고 며칠씩 잠들고 싶었지만 숲에서는 오래 머물 수 없을 거라고 생각했다. 시간이 흘러, 무늬를 따라 살이 트고 다시 그 결을 따라 곁을 내어주는 일은 여러 하늘 아래 잠시 머물고 싶은 마음과는 또 다른 무언가가 필요해 보였다.

다시, 집을 떠나야 집으로 돌아올 수 있었다. 침대에 누워 이제는 사라진 집과 숲에서 만난 여러 개의 하늘들을 떠올렸다. 여전히 낮고 좁은 천장이었지만 아무것도 잃을 게 없어서 좋은 집이었다. 겨우 이틀 머물던 풍경에 기대어 다시 씩씩

하게 출근을 했다. 한껏 밝아진 얼굴을 하고 아직 보지 못한
사람들을 전보다 더 오래 기다렸다.

∞ 제리_거절당하는 일이 하루의 전부인 시절이 있었다. 이제 막 생긴 회사였으니 당연
하다는 걸 알면서도 속이 상하는 건 어쩔 수 없었다. 미워하는 마음으로 잠에 들면 자꾸 악
몽을 꿨다. 낮에는 낮에 들은 말들을 잊기 위해 집에 가고 싶었고, 밤에는 잊고 싶은 것들
이 많아 떠나고 싶은 집이었다.

핫 펠트

노래하는 사람

11월이면 정든 우리 집도 안녕이다. 한남동에 있는 아메바 공
동 작업실에 입주하게 되면서 근처로 이사 가기로 마음을 먹
었기 때문이다. 지난달에 우리 집은 계약을 마쳤고, 내가 들어
갈 집을 찾기 위해 발품을 팔고 있다. 지금껏 스무 군데는 더
본 것 같은데, 아직까지 '딱 이 집이다' 싶은 곳은 없었다. 오
늘도 두 군데를 돌아다녔지만 아무래도 좀 더 찾아봐야 할 것
같다.

"그런데, 무슨 일 하세요?" 집주인이 대뜸 묻는다.

"아, 음… 그런 것도 중요한가요?"

"그럼요. 저희 집 아무나 들어올 수 있는 집 아니에요. 전에 계시던 분도 교수님이셨고, 이번에 살다 나가신 분들도 다 잘돼서 나가셨어요. 터가 좋아서 들어오시면 대박 나실 거예요."

"아, 그렇군요…. 참, 여기 애완동물은 가능한가요?"

"동물이요? 동물은 안 돼요."

"아쉽네요. 저희 집은 세 마리가 있어서. 잘 봤습니다."

다들 잘돼서 나가는 터라기에 내심 욕심도 났지만 할 수 없다. 니뇨, 아모, 봄비는 내겐 자식이다. 내가 살기 좋은 집인가 만큼 그들이 살기 좋은 집인지도 중요하다. 아쉽지만 다음 집. 퍽 마음에 드는 구조에 멋진 옥상을 가졌는데, 올라가는 계단이 가파르다. 강아지 두 마리를 안고 오르긴 쉽지 않을 것 같다. 또다시 집주인이 묻는다.

"근데, 혹시 무슨 일 하세요?"

"아, 저 음악 하고 있어요."

"그래요? 저희 지금 세입자분도 음악 하는 분인데."

"그러네요. 음악 장비들이 있어서 놀랐어요."

"저분도 여기서 오래 사셨어요. 근데, 혹시 유명한 분이신데 제가 몰라보는 건가요?"

"아, 아니에요. 잘 모르실 거예요."

원래 다 묻는 건가. 이전까진 묻는 사람이 없었던 것 같은데. 부동산 중개인에게 물어보니 월세인 경우는 집세가 밀릴 수도 있고 해서 많이 물어본다고 한다. 전에 본 집의 세입자는 모델이었는데, 몇 달씩 세가 밀려서 주인이 머리가 아팠다고, 그래서 좀 더 안정적인 직업을 선호한다고 한다. 나도 프리랜서인데 어쩐지 마음이 불안해졌다.

직업은 새로운 사람을 알아가는 데 편리한 정보가 된다. 조카 가영이는 막 말을 시작했을 때 이모 두 명의 이름이 "예은"인 것에 혼란을 느꼈고, 우리는 둘을 구분해야 했다. 그렇게 나는 "가수 이모"가 되었다. 직업이 이름이 된 것이다. 그맘때쯤 나는 가영이를 데리러 어린이집에 간 적이 있다.

"어머, 안녕하세요! 저, 정말 팬이에요!"

어린이집 선생님이 나를 반갑게 맞아주셨다.

"이모!" 하고 가영이가 신이 나서 달려와서는, 눈을 동그랗게 뜨고 또박또박 말했다.

"이모는 노래하는 사람이야!"

노래하는 사람. 어딘가 마음 한구석이 깨끗해지는 문장이었다. 노래하는 사람…. 한 번도 나는 스스로 노래하는 사람이라고 불러본 적이 없었다. 단순하고 명확한 표현이었다. 나는 노래하는 사람이고, 가영이는 이모가 노래하는 사람이라는 것에 뿌듯해했다. 나 자신을 가수라고 소개하는 것에 언제나 부끄러웠던 나는 그날만큼은 자부심을 느꼈다.

'나는 노래하는 사람이야.'

그것만큼은 진실이다. 노래를 잘하는 사람, 유명한 사람, 유명한 노래를 부르는 사람 같은, 뭐가 더 필요한 문구가 아니다. 노래를 부르고 있으니까 그걸로 된 것이다.

그런데….

'노래하지 않는 나는 뭐가 되지?'

솔직히 잘 모르겠다. 열아홉 살에 데뷔해서 13년이 지났고, 그 전에 아르바이트를 해본 적도 없어서 내게는 유일하게 가져본 직업이다. 열두 살 때부터 가진 꿈이고, 내 전부다. 가영이 엄마인 고은 언니는 나를 "가수 이모"라고 부르는 것에 반대했다. 예은이가 언제까지 가수 할지도 모르는데 왜 직업으로 사람을 부르냐는 것이다. 맞는 말이다. 많은 가수들이 무대를 떠나고 새로운 길을 찾는다. 솔직히 나도 모르겠다. 나는 언제까지 노래를 할 수 있을까.

가끔은 다 버리고 싶다. 양양 바닷가 어딘가에 조그만 집 한 채를 짓고 매일 서핑하며 살고 싶다. 사람들의 평가에 따라 오르락내리락하는 자존감의 롤러코스터에서 내리고 싶다. 인스타그램도 버리고, 사랑받는 나도, 사랑받지 못하는 나도 다 버리고 내가 나를 좀 사랑하고 싶다. 하지만 아직은 음악이 좋다. 노래하는 게 좋다. 노래하는 순간을 버릴 자신이 없다.

언젠가는 내가 버리고 싶지 않아도 버려야 할 순간이 올 것이다. 버려지는 걸지도 모른다. 그때 미련 없이, 아 정말 너무너무 행복했고 즐거웠다고 "노래하는 사람"이라는 문장을 내려놓을 수 있게 최선을 다하려고 한다. 언제가 될진 모르지만 그날이 아주 천천히 왔으면 좋겠다. 아주, 아주, 천천히.

∞ 핫펠트_요즘 〈신박한 정리〉라는 프로그램에 빠져 있습니다. 원래 뭘 잘 못 버리는 성격인데 열심히 버리고 있어요.

언젠가,
게임

김 겨 울

중독 성공

뭐든 중독이 잘 안 된다. 악랄한 중독성으로 유명한 담배도, 혼자 마시면 중독으로 고속도로를 탄다는 술도 중독이 안 되고, 하다못해 — 중독성 물질은 없지만 — 제일 좋아하는 음식인 떡볶이도 반 년씩 안 먹을 수도 있다. 중독이 안 되려고 노력을 하는 게 아니라 그냥 중독이 안 된다. 딱히 괴롭지 않고 생각도 나지 않는다. 도파민 시스템이 고장 났나 의심해본 적도 있는데 유튜브를 열심히 하는 관심종자인 걸로 봐서는 다행히 그런 것 같지는 않다. (그 대신 책 중독이라고 해도 될까? 하지만 어쩐지 이건 좀 재수 없는 중독같이 들린다.)

그런 나조차도 중독시킨 게임이 딱 두 개 있는데 초등학생 때는 〈카르마 온라인〉이었고, 커서는 〈문명V〉였다. 〈스타크래프트〉며 〈삼국무쌍〉이며 〈마비노기〉며 〈어쌔신크리드〉며 하는 유명한 게임을 그래도 꽤 해봤지만 중독의 벽을 넘은 건 딱 저거 두 개였다(스토리 게임은 어차피 한 번 엔딩을 보고 나면 다시 하게 되지는 않으니까 제외한다). 초등학교 5학년 때 일주일에 컴퓨터를 한 시간 쓸 수 있었는데(하루에 한 시간이 아니다) 그 가혹한 시간제한 속에서 쥬니어네이버도 들어가 보고 친구한테 메일도 보내고 〈카르마 온라인〉도 했다. 〈카르마 온라인〉은 몇 없던 FPS 게임으로, 제2차 세계대전을 배경으로 하는 과거전과 화성을 배경으로 하는 미래전으로 나눠져 있었다. 〈서든어택〉이나 〈스페셜포스〉 같은 게임의 조상님 격이랄까. 〈서든어택〉과 〈스페셜포스〉도 이제는 조상님이긴 하지만.

사실은 독일군이 소련군에게서 인간 병기를 훈련하는 게놈 프로젝트를 빼돌려 2094년 워 머신이라는 복제인간들을 만들어내 화성으로 파견하는 대체 역사 SF물… 이라고 하는데 그때 플레이하던 사람들이 과연 이 배경을 알고 플레이

했는지는 잘 모르겠다. 일단 나는 몰랐으니까. 그래도 뭔가 알
수 없는 그 음산하고 디스토피아적인 기운에 끌렸던 건 사실
이고, 역시 나는 SF를 좋아할 운명이었던 모양이다. 생각해보
면 이후의 다른 FPS 게임에 끌리지 않았던 것도 그런 이유가
아닐까.

쥬니어네이버에서 돌아가는 시계 멈춰서 시간 맞히기
게임 같은 거나 하다가 처음으로 1인칭 슈팅 게임을 하게 되
었으니 몰입감이 이만저만이 아니었다. 게임을 할 때면 막 등
에 식은땀이 나고 심장이 쿵쿵 뛰고 캐릭터가 움직이는 대로
몸이 움직였다. 세상에 이런 게임이 있다니. 아슬아슬하게 숨
바꼭질을 하며 상대편과 신경전을 벌이고 몰래 높은 곳으로
숨어들어 저격을 하고 적과 마주쳤을 때 미친 듯이 마우스를
클릭하는 그 모든 게 한 번도 겪어본 적 없는 스릴을 줬다. 솔
직히 지금 〈배틀그라운드〉나 〈오버워치〉 같은 거 하라고 하면
못할 것 같은데 그때는 〈카르마 온라인〉을 어떻게 그렇게 벌
벌 떨면서도 열심히 했는지 모르겠다. 지금 보면 단순하기 짝
이 없는 화면인데, 아마 단순해서 금방 적응했던 걸까? 이거
쓰느라 〈카르마 온라인〉 홍보 화면이랑 플레이 화면을 몇 개

봤는데 배경음악을 들으니 그때 다리 건너 수류탄을 던지던 추억이 새록새록 생각나 약간 웃었다.

20대 중반에는 우연히 〈문명V〉를 하게 됐다. 이게 다 스팀의 극악한 세일 때문에 벌어진 일인데, 무슨 핑계였는지는 몰라도 ― 어차피 스팀은 1년 내내 뭔가를 핑계로 세일을 하니까 ―〈문명V〉가 DLC까지 합쳐도 2만 원대였던 것이다. 호기심에 한번 사본 〈문명〉이 사람 잡을 줄이야. 한때 인터넷에서 친구가 〈문명〉을 하느라 며칠 동안 연락이 안 되었다는 전설이나 '문명하셨습니다' 같은 유행어가 도는 이유를 뼈저리게 이해하고 말았다.

〈문명〉 시리즈는 잘 알려져 있듯 한 국가를 선택해 점점 땅을 넓히고 문명을 발전시켜 세계를 정복하는 게임인데, 승리 조건에 꼭 전쟁 승리만 있는 게 아니라 과학 승리, 문화 승리, 외교 승리 같은 조건도 있어 나 같은 평화주의자도 마음 놓고 세계를 정복할 수 있다(방금 〈카르마 온라인〉 얘기 해놓고 할 말은 아닌 것 같지만). 국가마다 강점이 다르고 국가를 개발하는 테크트리에서도 원하는 승리에 따라 기술이나 건물을 개발하는 순서가 달라 수많은 경우의 수를 체험해볼 수 있고, 맵에서 우연히 만나게 되는 도시국가나 상대 국가도 워낙 다양해 게임의 내용도 매번 달라진다. 문명의 초기부터 시작해 세계를 제패할 때까지가 1회 플레이이기 때문에 시작해서 결말이 날 때까지 '빠르게 진행' 옵션을 선택해도 최소한 하루는 걸린다. 종합하면, 플레이하는 데 하루 이상이 걸리는 게임, 온갖 옵션과 난이도로 반복해도 질리지 않는 미친 게임이었던 것이다. 이것이 바로 창조자의 재미란 말인가.

〈문명V〉의 최고로 요사스러운 점은, 설명을 들어서 상상하는 것보다 자유도가 높지 않다는 사실이다. 자유도가 높은 게임을 별로 좋아하지 않고 그렇다고 퀘스트만 줄줄이 하는 귀찮은 게임도 좋아하지 않는 나로서는 적당한 경우의 수로 사람 잡는 〈문명V〉가 딱이었다. 과학 승리를 노리고 바빌론으로 시작해 아르테미스 사원 찍고 인쇄술, 천문학, 라디오, 플라스틱 쭉쭉 찍고 연구소까지 찍어서 나노 기술 연구하고 우주선을 쏘아 올리는 게(=과학 승리) 내가 가장 좋아하는 플레이인데, 이게 무슨 말이냐면 과학 승리를 하기 위한 조건이 어느 정도 정해져 있다는 말이다. 테크트리가 대략 정해져 있는 상태에서 행복도나 외교력 같은 그 밖의 조건들을 세심하게 조율해가면서 플레이를 해야 한다. 조금 적응되면 금방 익숙해진다(그 바람에 나는 〈문명V〉를 단축키로 하는 플레이어가 되고 말았다).

게임에 중독되지 않는 나로서는 이례적으로 플레이 시간 150시간을 순식간에 달성하고 나서야 〈문명V〉로부터 벗어날 수 있었다. 솔직히 말하면 이거 쓰면서 두 게임 다 하고 싶어졌는데 없어진 〈카르마 온라인〉은 문제가 없지만 〈문명V〉는 좀 위험한 것 같다. 오늘 시작했다간 마감을 줄줄이 펑크 내고 말 것이다. 이게 마지막 글인 게 다행이다. 후일담은 묻지 마세요.

앞으로 중독되는 게임이 또 나올까? 요새는 닌텐도 스위치로 〈포켓몬스터 — 레츠고피카츄〉를 하고 있는데, 이건 중독성이 있어서 한다기보다는 어릴 때 게임보이가 없어서 포켓몬 게임을 못했던 한을 푸는 어떤 의식으로 하고 있다. 링피트는 건강을 위해 하고 있고, 〈문명VI〉도 받아는 놨는데 솔직히 PC버전으로 했을 때 별로 재미없었어서 기대가 없다. 〈모여봐요 동물의 숲〉도 추천을 많이 받았지만 그건 내가 귀찮아 할 게 뻔하고, 아이패드로 친구들이랑 한창 〈어몽어스〉도 했지만 그것도 약간 지겨워졌다. 여전히 나에게 게임은 대체로 귀찮고, 재미없고, 별로 중독도 안 되는 그런 것. 하지만 나를 중독시키는 게임이 등장한다면 미련 없이 푹 빠져보고 싶다. 그런 게임이 등장하기 전까지는 뭐 스도쿠 같은 거나 하는 수밖에.

∞ 겨울_〈문명VI〉보다 〈문명V〉가 일곱 배 정도 재밌습니다. 제 글은 그동안 얼마나 중독적이었을까요? 〈문명VI〉보다 재미있었기를 바랍니다.

박종현

안녕하세요 고양입니다

어떤 종류의 현실을(혹은 비현실, 초현실을) 모의 체험하는 종류의 게임 장르를 시뮬레이션 게임이라 부른다. 가게의 주인이나 도시의 장, 군의 지휘관 등 한 세계의 총괄 책임자가 되어 경영 혹은 운영하는 경우도 있고, 요리사나 수리기술자, 병사 등이 되어 주어진 임무를 수행하는 경우도 있다. 특별한 임무 없이, 주어진 시공간 속에서 나름대로의 삶을 꾸리는 종류의 게임도 있다. 이러한 '살기 시뮬레이션' 게임들 중 하나의 인상 깊은 홍보 문구 첫 줄을 옮겨본다.

"늘 그려왔던 것 ― 책임, 부담, 걱정 하나 없는 돌멩이가 되세요."

'돌 시뮬레이터'는 말 그대로 돌이 되어보는 게임이다. 게임에 들어가 할 수 있는 일이자 해야 하는 일은 '있기'이다. 흘러가는 구름과 빛과 풀들 속에 있다 보면 나이를 먹듯 레벨이 오르고, 수고했다고 말하듯 코인이 쌓인다. 싱겁기 그지없다. 싱겁다고 생각하기 시작했다는 것은 곧 '있기'라는 퀘스트의 위기가 시작되었음을 의미한다. 뭘 더 할 수 있는지를 찾기 위해 모니터 여기저기를 클릭하다가 메뉴를 눌러 시간이 정지되기라도 하면, 이미 '있기'란 목표는 끝장난 것이다. 그리하여 세계의 모든 게이머는 실패한 돌멩이가 된다. 돌멩이가되다가 만다.

뭐가 되었든, 뭔가 되는 일이란 어렵다는 것을 가르쳐 주는 게임이다. '인간살이'의 존재론적 환유 같기도 하다. 우리는 싫든 좋든, 무언가가 되려고 하거나 되어야 하는 풍경 가운데에 늘 서 있다. 서 있기가 힘들다.

*

언젠가 소셜 미디어에서 본 이모와 조카의 대화가 떠오른다.

- 이모는 커서 뭐 될 거야?
- 이모는 다 컸어.
- 그럼 이모는 뭐 된 거야?

이모가 되어본다. '이모 시뮬레이터'에 접속하자마자 조카에게 한 방 맞은 나는 문득 스스로를 되돌아보기 시작한다. 내가 뭐가 되었는지 생각하기 이전에, 내가 옛날에 무엇이 되고 싶었는지 돌이켜본다. 초등학교 3학년 때인가 수업 시간에, 커서 소설가가 되는 게 꿈이라고 말했던 게 기억난다. 애들이 와아, 웃었던 것도 기억난다. 왜 웃은 거지? 의아하다고, 옆에 있던 시인 A한테 말했더니 이런 답변을 해주었다. "초등학교 3학년들이 되고 싶은 게 아니니까."

그렇다면 '초등학교 3학년들이 되고 싶은 것의 세계'에는 소설가가 없나? 이모는 '초등학교 3학년 시뮬레이터'에 들어가본다. 여러 적을 무찌르고 경험치를 쌓아 될 수 있는 꿈의 직업군들 중 어디에도 '소설가'란 선택 항목이 없는, 그런 자기 육성형 시뮬레이션 게임인 것이다. 이야기와 이야기꾼이 없는 세계에서 살기란 얼마나 끔찍할 것인가. 그러니까 그들이 대학교 3학년, 직장 3년 차가 되었을 때 끔찍한 세계에 살지 않으려면, 초등학교 3학년들이 되고 싶은 것의 세계가 부서져야만 한다. 꿈들이 부서지고 그 부서진 것들이 각기 새로워져야만 세상의 초등학교 3학년들이 보다 아름다운 세계 속에서 살게 될 것이다. 이모는 '일시정지' 해놓았던 이모 시뮬레이터로 돌아가서, 조카에게 대답한다.

 - 그럼 이모는 뭐 된 거야?
 - 이모는 꿈의 건축가야. 새로 짓고 부수고, 또 새로 짓고 부수고. 수백 번 했더니, 세상 누구랑도 다른 모습을 한 특별한 사람이 되었지.

*

부루마블 게임의 이미지를 가져와 썼던 〈책장위고양

이〉 이번 시즌의 첫 번째 글에서 나는 이렇게 적었다. "나는 어떻게든 2년 뒤에 고양이를 키울 수 있는 사람이 되겠어." 그리고 또 이렇게 적었다. "그렇게 내가 키워지는, 나를 키우는 일을 연습하는 건 곧 '언젠가'에서 너를 키우는 일을 위한 연습이라고 생각할래."

그 글을 쓴 뒤로 세 달이 지나는 동안 나는 '예비 고양이 집사 시뮬레이터' 게임의 주인공으로서, 고양이 키우기에 앞서 '나 키우기' 임무를 좌충우돌하며 수행하고 있다. 이 퀘스트를 잘 넘어설 수 있을지 아직 자신은 없지만, 그래도 가끔은 '언젠가' 다가올 엔딩을 생각하며 마음을 다잡곤 한다. '황금열쇠' 카드 아래 숨어 있던 나의 고양이가 앞발 들어 이렇게 인사하는 엔딩을 말이다.

– 안녕하세요 고양입니다.

그러고 나서 게임은 다시 시작될 것이다. 미처 예상하지 못한 새로운 임무들, 장애물들과 함께. 그 안에서 나와 내 꿈은 부서지고 다시 짓는 일을 반복할 것이다. 반복하며 특별해질 것이다. 그간 나의 글들을 읽어준 당신과 마찬가지로 말이다.

∞ 종현_ "나의 오랜 관객인 너는 익숙히 / 이렇게 서 있는 것만으로 / 그렇게 얘기를 하지 / 누구에게든 으레 그런 장면들이 있다고 / 견뎌지지 않을 시간들이 견뎌지는 것이라고"
-생각의 여름, 〈두 나무〉 중에서

이묵돌

언젠가는 잊어버리겠지만, 그래도

요즘 20~30대 남자들의 어린 시절이 으레 그랬듯 나 역시도 게임에 푹 빠진 채로 어린 시절을 보냈다. 아니, 솔직히 말하면 같은 세대에 있는 여느 친구들보다 훨씬 게임을 많이 했었다.

동네 형들과 PC방에 하루 종일 눌러 앉아있는 건 예사였다. 허접한 사양의 집 컴퓨터로도 쉬지 않고 해댔다. 어쩌다 100원짜리라도 하나 주우면 그 길로 문구점이나 분식점 앞에 있는 오락기로 내달렸으며, 동전 쪼가리조차 없을 땐 뒤에 서서 열심히 구경이라도 했었다. 그러다 우연히 스파크 튕기는 법을 알게 돼서 돈도 없이 게임 좀 해보려다가, 무섭기로 소문 난 문구사 아저씨에게 딱 걸려서 된통 혼난 적도 있다.

어머니는 내가 게임하는 것에 대해 잔소리를 하지 않았다. 이건 여느 가정집과 좀 다른 부분인데, 보통 부모님들은 학업에 방해가 된다느니 시력 저하가 온다느니 하는 이유로 오랫동안 게임하는 걸 싫어하기 때문이다. 나 같은 경우 집안 사정이 좋지 않다 보니 학원이고 자시고 집에 틀어박혀 있는 시간이 절대적으로 많았다. 그런 마당에 얌전히 앉아 시간 때우기에는 컴퓨터게임만큼 좋은 게 없었던 것이다. 영 자식이 귀찮았던 어머니는 "제발 설치지 말고 가서 게임이라도 해"라고 이야기했다. 그마저도 안 된다 싶으면 아예 돈 몇 푼을 쥐어주면서 PC방에나 갔다 오라고 할 정도였다.

그렇지만 그런 케이스는 어디까지나 가끔 있는 일이었다. 당시엔 학원은커녕 어디 나가서 놀 처지도 못 돼서, 학교에 있을 때를 제외한 대부분의 시간은 집에서 보냈다. 방학 시즌이면 한 달 동안 집에서 몇 발자국도 못 나가는 경우도 생겼다. 결국 난 정부에서 지원해준 저사양 컴퓨터로 할 수 있는 거의 모든 게임을 구동시키기에 이르렀다.

다만 우리 집에 있던 그건 웹 서핑이나 겨우 하게끔 만 들어놓은 컴퓨터라서, 대부분의 온라인 게임은 실행 자체가 안 되곤 했다. 어떤 게임은 실행이 되긴 했는데 본체가 과열된 나머지 10분에 한 번씩 전원이 꺼져버렸다. 그때 나는 '10분 씩 끊어서라도 게임을 하겠다'는 일념으로 그 정신 나간 짓거 리를 사흘이나 반복하다가 끝내 포기했다. 지금 보니 사흘씩 이나 계속 시도한 게 용하다 싶지만.

그러다 재미를 들인 것이 'PC용 에뮬레이터'를 이용한 게임들이었다. 위에서 말했다시피 우리 집엔 돈이 없었기 때 문에 플레이스테이션이나 닌텐도 같은 콘솔은 꿈도 꿀 수 없 었다. 그러다 발견한 것이 '게임보이 어드밴스(약칭 GBA)'를 해킹해 컴퓨터에서 구동할 수 있게끔 만든 프로그램이었다.

이 GBA로 말할 것 같으면 근본이 휴대용 게임기다. 〈역전재판〉, 〈악마성〉, 〈별의커비〉, 〈포켓몬스터〉, 〈성검전설〉, 〈킹덤하츠〉까지… 그동안 무수히 많은 명작 게임들이 GBA를 통해 발매된 바 있고, 시각적 화려함보다는 게임성과 휴대성에 초점을 맞춘 것들이 대부분이다 보니 '아무리 허접한 컴퓨터'로도 별 무리 없이 돌릴 수 있었다. 그 에뮬레이터 하나로 얼마나 많은 게임을 해댔던지, 나는 게임을 돈 주고 산다는 개념이 거의 없었던 당시에조차 죄책감을 느끼곤 했다. 아니 뭐, 사고 싶어도 방법을 알아야 사지.

아무튼 그렇게 해서 또래 친구들이 〈서든어택〉이며 〈피파 온라인〉, 〈던전 앤 파이터〉 같은 게임에 넋이 나가 있을 시기에 나는 집에서 혼자 하는 게임에 푹 빠져 지냈다. 시험이 끝나거나 해서 친구들과 PC방에 가는 분위기가 되면 〈스타크래프트〉나 〈워크래프트〉를 같이하기도 했지만. 기본적으로 난 그런 게임에 소질이 없었을뿐더러 어떤 게임을 잘하기 위해 안 하던 공부를 하고 새로운 전략을 짜서 상대방을 이겨먹으려는 것부터가 이해가 안 됐다. 어째서 '게임에서까지' 노력하고 남을 제쳐야 한단 말인가? 물론 혼자 하는 게임에서도 실패는 하지만… 그건 적어도 'Lose'가 아니라 'Failed'였다. 다른 사람이 아닌 자기 자신에게 패배한 것이다. 거기선 상대가 실수하길 기다릴 필요가 없다. 이겨야 할 것은 단지 내가 가진 미숙함이었다.

　　그래서 소싯적의 내게 〈젤다의 전설〉은 최고의 게임이었다. 플레이타임 전부가 즐겁고 행복하기만 했던 건 아니다. 나는 위기에 빠진 하이랄 왕국, 마법에 걸려 돌이 돼버린 젤다 공주를 구하기 위해, 몇 번이나 실수를 거듭했다. 어떤 던전에서는 보스까지 가는 길을 못 찾아서 이틀이나 헤맸다. 터무니없는 잘못을 저질러 세이브 파일을 날리기도 했다. 퍼즐? 가뜩이나 머리 쓰는 걸 싫어하는 인간이 퍼즐을 잘 깰 리가 있나!

　　그럼에도 불구하고 나는 계속했다. 게임 속에서 홀로 고군분투하는 주인공 링크에게 완전히 이입했던 것이다. 게임 속에서 무언가 해내기 위해선, 매번 골치 아픈 사건에 휘말려야 했다. 나는 같은 곳에서 수십 번을 반복해 죽었고, 전에 몰랐던 길을 새로이 찾았으며, 감당할 수 없는 진실에 혼란스러워하는가 하면 마음 아픈 이별에 진심으로 슬퍼했다. 그렇게 해서 나는 하이랄 왕국을 구했다. 대망의 엔딩. '무언가 해냈다는 충족감'을 그 순간만큼이나 선명히 느낀 적도 없었다.

그로부터 꽤 오랜 시간이 지났다. 나는 성인이 됐다. 혼자 상경해 살아남느라 온몸에 진이 빠졌다. 가끔가다 지방에 남은 친구들과 한두 시간쯤 한 적은 있어도, 예전처럼 게임에 푹 빠져 지내는 경우는 없었다. 창업한 뒤에는 그마저도 시간이 없었다. 한동안 게임은 거들떠보지도 않고 지냈다. 요즘 무슨 게임이 핫하다더라 하는 얘기는 아주 다른 세상 이야기 같았고, 관심도 없었다.

그러나 또 2년쯤 시간이 지나자, 나는 다시금 게임을 붙잡기 시작했다. 창업한 회사가 망했기 때문이다. 어떻게든 빚을 갚기 위해 닥치는 대로 일감을 처리한 다음, 쉬는 건 고사하고 식음을 전폐해가면서까지 게임에 몰두하곤 했다. 다행히 나는 업무 용도로(절반쯤은 핑계였지만) 고사양 컴퓨터를 마련해둔 상태였다. 그 덕에 온갖 온라인 게임들을 즐길 수 있었는데, 어쩐지 접하는 게임마다 한 달을 채 넘기지 못했다.

지긋지긋했다. 다른 유저에게 속절없이 당하고 마는 나나, 그걸 이겨보겠답시고 별의별 꼼수를 시도해보는 나, 그런 노력에도 불구하고 극복할 수 없는 재능과 빈부 격차도 전부 다 싫었다. 그보다 좁아터진 화면의 모바일 게임은 더 싫었는데, 그럼에도 그 싫어하는 게임에 기대지 않고선 살 수 없는 내가 제일 혐오스러웠다.

그렇게 문득 정신을 차리고 나니 새벽 5시였다. 큰맘먹고 지른 유료 아이템 상자에서 거대한 똥이 나왔고, 나는 꼭지가 돌아 컴퓨터를 포맷해버렸다. 시간도 날리고, 돈도 날리고, 정신적인 여유도 다 날아갔지만, 그중에 아주 조금이라도 되돌아오는 것은 없었다. 하느님 맙소사, 게임 하나에 대체 얼마를 쓴 거야?

하여튼 요즘 나오는 게임들은 다 그런 식이었다. 다들 처음엔 왜 이러나 싶을 만큼 친절하다. 초보자에게 과하다 싶은 수준의 아이템과 혜택을 주고, 내가 아주 특별한 유저라도 되는 양 치켜세워주다가, 돌연 태도를 바꿔 다른 유저들과의 아귀다툼에 내던져놓는다. 거듭된 패배에 나는 당황한다. 알고 보니 내게 주어진 특별함은 모든 유저들에게 똑같이 주어진 것이었다. 그보다 좀 더 특별해지기 위해서는 내가 가진 돈이든 시간이든 있는 대로 투자해야지 겨우 구색을 갖출 수 있다. 나는 슬픈 현실에서 잠시나마 도피하기 위해 게임을 하는 건데, 그 게임 속에서조차 똑같은 슬픔을 답습하고 마는 것이다. 실상 대부분의 게임 배급사들이 이런 패턴을 반복해왔다.

그러니까, 요즘 게임들은 너무나 잘 알고 있다. 좋은 교육을 받고 '지들이 세상에서 제일 특별한 줄 알았던' 우리 세대가, 현실 앞에서 얼마나 뼈아픈 패배와 좌절을 경험해야 했는지를. 또 그런 상실감과 허무함을 게임에서라도 달래보겠다는 비참한 심리까지도… 게임사들은 속속들이 꿰뚫고 있는 것이다. 그렇게 비틀거리면서 화면만 쳐다보는 젊음들. 그 뇌리에다 깊숙이 빨대를 꽂아 넣고, 마지막 남은 존재 의식까지 남김없이 빨아들인다. 그렇게 우리는 꿈속에서조차 패배하고 짓밟힌다.

*

막상 컴퓨터게임을 내팽개치고 나니 아무것도 할 게 없었다. 그러다 우연찮게 닌텐도 광고를 봤다. 몇 년간의 공백을 깨고 새로운 콘솔기기가 나온 모양이었다. 나는 뭐랄까, 과거에 돈 한 푼 안 내고 게임을 즐겼던 죄책감도 있고, 차라리 기계는 되팔 수라도 있으리라는 생각에 그냥 사버렸다. 2만 원을 더 보태면 랜덤으로 게임팩 하나를 붙여준다기에 옵션에 넣었다.

〈젤다의 전설〉이었다. 물론 내가 예전에 했던 그 작품은 아니었고, 새 기기와 함께 발표된 최신 시리즈였다. 나는 예전에 했던 젤다 시리즈를 떠올렸다. 고생을 바가지로 했던 기억이 나는 바람에 시작하기까지 아주 오랜 시간이 걸렸다. 어른이 된 나는 게임 하나 새롭게 시작하는 데에도 겁부터 집어먹었다. 아니, 사놓고 안 할 거면 왜 샀단 말인가. 보름 가까이 지나고 나서야 간신히 새 게임을 켰다. 그게 아니면 할 것도 딱히 없었다.

〈젤다의 전설: 브레스 오브 더 와일드〉의 대략적인 이야기는 이렇다. 시리즈 내 다른 작품들처럼 하이랄 왕국과 젤다 공주가 위기에 처했다는 배경은 똑같지만, 용사 링크(나)가 전에 있던 모든 기억을 잃은 채 깨어난다는 점에서 큰 차이가 있다. 백 년 전 왕국에 어떤 시련이 있었는지, 어떤 어려움에 봉

착해 어떤 상황을 헤쳐 나가야 하는지, 모든 것이 떠오르지 않는 가운데 가혹한 야생에서 살아남아야 한다. 영화로 치면 〈메멘토〉 같다. 따지고 보면 기억상실증에 걸린 주인공이 차츰 기억을 되찾아가는 플롯이 그리 드문 것도 아니다.

하지만 같은 주인공에 같은 시리즈일 뿐 내용 자체는 완전히 다른 게임이었다. 일단 눈에 보이는 것부터가 달랐다. 예전에 했던 건 2D였는데 이건 오픈월드 3D였고, 통상의 전투방식이나 아이템을 획득하는 방법도 달랐다. 무엇보다 이질적으로 느껴진 것은 음악이었다. 내게 젤다 시리즈 하면 생각났던 특유의 '그 음악'이 없었던 것이다. 필드 테마… 하이랄 평원을 누비던 시절, 그 웅장하고 중독성 있었던 테마가 웬 고요하고 쓸쓸하기까지 한 음악으로 교체돼 있었다. 하긴 10년이 넘은 게임이니까. 어색해도 어쩔 수 없었다. 살아가다 보면 뭐든지 변하는 법이고, 나도 변했다.

그러나 누가 뭐래도 그 게임은 〈젤다의 전설〉이었고, 나는 투덜거리면서도 금방 게임에 빠져들었다. 머리 아픈 퍼즐은 예전보다 더 다양한 방식으로 날 괴롭혔으며, 시시각각들이닥치는 적들과 툭하면 부러지는 무기들 때문에 고통받아야했다. 조작에 적응하는 시간도 오래 걸렸다. 중간보스급 몬스터에게 자꾸 죽어대자 피가 거꾸로 솟는 기분이었다. 연속되는 실패, 실패, 실패. 어떡하지? 어떻게 해야 더 잘할 수 있지? 예전의 나는 어떻게 했었지?

나는 또 한 번 게임 속 세계를 구하겠다는 일념 하나로 오만가지 시련과 장애물을 이겨냈다. 그야 매번 이기기만 한 건 아니었지만. 여기서 가장 중요한 건 내가 끝까지 했다는 사실이다. 결국 모든 기억을 되찾고, 하이랄 왕국을 구하고, 젤다 공주와 만났다. 길고도 짧았던 이별. 마침내 재회한 링크 앞에서 젤다 공주가 말을 건넨다. '나'를 기억하느냐고.

그렇게 게임이 끝났다. 화면이 암전하고 대단원의 막이 내렸다. 새하얀 글씨로 게임의 제목과 엔딩 크레딧이 미끄러져 나왔다. 그와 동시에 흘러나오는, 아련한 피아노 멜로디…. 오래전 〈젤다의 전설〉을 하며 지겹게 들었던 '그 음악'이었다. 오랫동안 나오지 않았던, 아예 사라진 줄 알았고, 앞으로도 영영 없을 줄 알았던….

나는 그제야 기억해냈다. 한때 내가 구했던 세계, 잃어버렸던 시절과, 지금껏 잘 해냈고 앞으로도 할 수 있으리라는 그 때 그 마음. 그 모든 기억들이 주마등처럼 내 앞을 스쳐 지나갔다.

정말이지 나는 다 잊고 있었던 것이다. 삶도 게임도 늘 행복할 수만은 없다는 것. 어떤 행복은 슬펐던 과거의 나를 마주 보고 극복함으로써만 온전히 느낄 수 있다는 것.

언젠가 나는 또 실패할 것이다. 좌절하고 슬퍼할 것이다. 또 어쩔 수 없이 방황하다가, 멋진 게임 하나를 발견하게 되면… 그때 다시 떠올릴 수 있을지 모른다. 과거에는 상상도 할 수 없었던 일들을 오늘의 나는 해냈고, 미래의 나 역시 그러리라는 것. "You failed"라는 화면이 나왔을 때, 망설임 없이 "Try again"을 선택했었다는 사실까지.

∞ 묵돌_그동안 읽어주셔서 감사합니다. 제 어설픈 글이 여러분 마음에 드셨을는지 잘 모르겠지만 제게는 여러모로 의미가 있는 시간이었습니다. 모쪼록 앞으로도 바지런히 쓰겠습니다.

제리

지금은 사랑하지 않는 도시

손톱을 물어뜯으면 마른 빗소리가 들렸다. 비가 오진 않았지만 툭툭 쏟아지는 저녁노을, 멍든 구름들. 나는 복도 쪽 교실에 앉아 멀어져가는 오후의 운동장을 듣는다. 친구들이 외치는 알 수 없는 소리, 미트에 꽂히는 힘찬 공 소리, 그리고 창을 깰 듯 울려 퍼지는 알루미늄 소리까지. 눈으로 보지 않아도 알 수 있는 것들은 대부분 교실이 아닌 교실 밖에 있었다.

마른하늘에 비가 내리길 바라는 건 나뿐만이 아니었다. 공을 차러 학교에 나오는 아이들. 오늘도 학원에 가기 싫은 아이들. 아예 축구화를 신고 등교한 친구들. 그리고 수업은 안 듣고 뛰어놀 생각만 하는 친구들까지. 굳이 손 들고 일어서서 말하진 않았지만 '차라리 비라도 와라' 모두가 이런 마음으로 하루를 보내곤 했다. 몇몇 심술궂은 마음들을 뭉쳐 운동장을 향해 던지기도 했지만, 아무리 힘껏 던져도 창 하나 깨지지 않는 평범한 오후였다.

특별한 일이 없다면 오후의 운동장은 야구부 차지였다. 옷 젖는 걸 싫어하는 감독에게서 운동장을 되찾아 오려면 소나기라도 내려줘야 할 텐데, 꼭 이럴 땐 티 없이 맑은 하늘이 야속했다. 오전 수업만 듣고 어딘가로 사라졌던 친구들은 오후가 되자 용품들을 챙겨 운동장에 모습을 드러냈다. 유니폼을 입은 친구들은 엉덩이부터 발꿈치 사이가 두텁고 단단했는데, 한눈에 봐도 허리가 잘록했고 자세히 보면 손톱 밑이 붉거나 시커멓게 쓸려 있었다. 그중 몇 명은 선생님들보다 키도 크고 덩치도 좋았고, 뒤통수만 놓고 보면 누군지 모를 만큼 짧은 머리를 하고 있었다. 운동장에선 잘 웃지 않았지만, 좋은 성적으로 대회를 마치고 돌아오면 검게 탄 얼굴만큼이나 수줍게 웃던 착한 친구들이었다.

마지막 종소리가 울리면 누가 시키지 않아도 의자를 올리는 것으로 청소를 시작했다. 상태가 좋은 빗자루나 걸레를 하나 골라 마룻바닥을 쓸고 창틀도 닦았다. 담임 선생님의 종례가 다 끝날 때까지도 친구들은 돌아오지 않고, 실내화 주머니 하나 걸려 있지 않은 책상 서랍엔 이빨 자국이 찍힌 연필 몇 자루만 굴러다녔다. 스탠드를 덮은 느티나무에 가려져 선명하게 볼 순 없었지만, 교실 밖에선 연필 대신 배트를 쥔 친구들이 진지한 표정으로 스윙 연습을 하고 있었다.

코치 선생들의 호통 소리, 여전히 알아들을 수 없는 친구들의 악쓰는 소리. 이런 것들은 차라리 모르는 편이 좋았다. 어쩔 땐 친구들이 공을 던지고 배트를 휘두르는 운동장이 부러웠지만 유니폼까지 입고 운동장을 달리고 싶진 않았다. 운동장을 뺏겼지만 이대로 집에 갈 수 없었던 우린, 야구부 친구들이 쳐놓은 펜스 반대편으로 모여들었다. 한쪽은 휘어져 있고 다른 한쪽은 씨름장 흙이 쌓여 발목이 푹푹 빠지는 곳이었다. 우린 실내화 주머니를 쌓아 올려 작은 골대를 만들고 펜스에 공이 닿으면 아웃이라는 새로운 규칙도 만들었다. 그렇게 한참 공을 차다 보면 저 멀리서 코치 선생들의 무서운 말들이 날아오기도 했지만 크게 신경 쓰이지는 않았다. 그래도 어디선가 '깡' 소리가 나면 그대로 주저앉아 머리부터 감쌌고, 금방 또 두리번거리며 일어나 힘차게 공을 향해 뛰곤 했다.

슬픔에 대해서라면
여기서는 할 말이 없다

별안간 진 벚꽃이 밉던 날도
흐드러지게 맞은 뺨을 들켰던 일도
여기서라면 누구보다 기쁠 수 있다

이유는 모르겠지만 어린 시절을 떠올리면 좋았던 기억들이 먼저 떠오른다. 이동식 펜스를 사이에 두고 학교 야구부와 운동장을 나눠 썼던 일. 그러다가 날아오는 공에 맞아 양호실에 실려갔던 일. 노을이 지는 줄도 모르고 뛰어놀던 일. 문득 깜깜해진 학교가 무서워져 쉬지도 않고 집으로 뛰어갔던 일. 별안간 내린 폭설에 신이 나 온 동네 아이들이 자다 말고 뛰쳐나왔던 일. 사람보다 큰 눈사람을 함께 만들던 일.

이 모든 기억은 지금은 사랑하지 않는 도시를 다시 설레게 만든다. 그곳엔 첫 우리 집이 되어준 10층 높이의 아파트가 있고, 밤새 놀아도 지치지 않을 만큼 넓은 논밭도 함께 있었다. 이젠 다른 아파트가 들어선 그곳에서 낮엔 방방을 탔고, 밤엔 어둠을 빌려 쥐불놀이도 했다. 이불이며 베개를 팔던 트럭에 불이 옮겨 붙을 뻔한 적도 있었고, 버려진 소파들을 일으켜 소꿉놀이를 하다가 깔릴 뻔한 적도 있었다.

아름다운 추억의 끝엔 표현할 수 없는 감정들도 함께 살고 있다. 그곳엔 자신이 타고 다니던 학원 차에 깔려 죽은 아까운 형이 있고, 나와 주먹다짐을 하다 아버지에게 들켜 다리를 접질린 같은 학교 형에 대한 미안함도 있다. 어린 여동생은 깍두기를 시켜놓고 같이 놀아주지 않으려 했던 미안함도 있고, "오빠 난 왜 깍두기야?"라고 묻는 동생에게 그게 제일 좋은 거라며 꿀밤을 때렸던 못난 마음도 함께 있다.

롤러스케이트를 타고 물총 싸움을 하다가 같은 반 여자애 물총을 망가뜨렸던 일도 있었고, 엄마 손을 붙잡고 쭈뼛거리며 찾아가 고개 숙여 사과하고 온 날도 있었다. 집으로 돌

아오는 길에 엉엉 울며 엄마가 밉다고 흘겨대던 철없는 마음
도 있었고, 가장 친한 친구와 주먹다짐을 하다 코피가 터진 창
피함도 거기에 다 있다. 생일날 자전거를 잃어버려서 케이크
를 앞에 두고 벌을 받은 적도 있었고, 한때 가장 친했던 친구
가 나쁜 길로 빠지는 것을 바라볼 수밖에 없었던 어린 날의
안타까움도 모두 그곳에 있다.

지금은 사랑하지 않는 그 도시에는 내가 잊지 못하는
것들이 아직 많이 남아 있다. 그리고 다시 사랑하고 싶게 만
드는 추억의 끝자락마다 언젠가 놓아주고 싶은 마음들도 함
께 살고 있다.

∞ 제리_ "넌 다시 태어나면 뭐로 태어나고 싶어?" 친한 선배의 질문에 "옛날로 태어나
고 싶다"고 말한 적이 있다. 특별할 것 하나 없어도 뛰어놀 수만 있다면 세상을 다 가진 기
분이 들던 시절이 내게도 있었다. 우리 모두에게 있었다.

핫펠트

엔드게임

"We are in the endgame now."
- 〈어벤져스 : 엔드게임〉 중에서

　　3개월에 걸친 대장정이 막을 내릴 시간이 왔다. 이번 글은 나의 〈책장위고양이〉 시즌2라는 모험의 마지막이 될 것이고, 이제 나는 매주 치뤄야 할 미션이 없는 보통의 삶으로 돌아갈 것이다. 그러니까 이건, '엔드게임'이다.

　　우리 다섯 명의 '에세이 어벤져스'는 한남동의 한 이탈

리안 레스토랑에서 첫 만남을 가졌다. 내가 도착했을 때 시즌 1의 작가이자 북크루의 대표인 김민섭 작가가 1층에서 나를 맞아주었다. 이 모든 일을 시작한 그는 닉 퓨리(쉴드 국장이자 어벤져스를 모은 인물)를 떠올리게 한다. 언제나 미소를 잃지 않는 그는 내가 보기에 대표적인 외유내강형 인물이다. 2층에 마련된 별도의 룸에는 셸리와 김겨울 작가, 박종현 작가, 이묵돌 작가, 웅진 출판사 관계자들, 북크루 관계자들이 와 있었다. 히든 작가 제리는 그의 미스터리한 정체와 같이 모습을 나타내기 전이었다. 왜인지 다들 일어나서 나를 반겨주었고, 적당히 끝 쪽에 앉고 싶었지만 안쪽 자리로 배정되었다. 어색함을 뒤로한 채 자리에 앉으려는데 셸리가 말했다.

"다들 일어나서 인사를 하는 건가요?" 나에 대한 환대가 썩 내키지 않는 것 같다. 웃자고 한 농일지도 모른다. 하지만 어쩐지 시작이 불안하다.

돌아가며 자기소개 시간을 가진 뒤 각자의 책, 혹은 앨범을 나눠 가졌다. 빈손으로 온 나는 더욱 겸연쩍어졌다. 사실 책을 가져올 생각을 안 한 건 아니었다. 다만 몇 사람이 모일지 정확히 알 수 없었고, 혹시 누군가를 못 주게 되어 섭섭한 상황이 되는 게 싫었다. 이건 나의 오랜 규칙 같은 것인데, 어떤 자리에서든 누군가 소외되는 상황을 만들지 않는다. 때론 이 룰이 더 많은 섭섭함을 낳기도 한다. 또 한 가지 나의 고지식한 규칙은 사람을 검색해보고 만나지 않는 것인데, 그건 누군가가 나를 만났을 때 내가 주는 정보 이상의 무언가를 알고 있을 때 느꼈던 불편함 때문이다. 이 규칙 또한 많은 순간 판단 미스가 되어버리는데 특히나 이런 자리가 그렇다. 나는 작가들에 대해 너무 아무것도 모르고 왔고 ─ 박종현 작가가 '생각의 여름'으로 활동한다는 것, 김겨울 작가 역시 앨범을 낸 싱어송라이터라는 것 등 ─ 모두가 서로에 대해 당연히 알고 있어야 할 분위기가 되자 나는 무슨 말을 꺼내 묻기가 어려워졌다. 꿀 먹은 벙어리가 된 것이다. 그나마 함께 얘기할 수 있는 주제, 즉 작가들이 선정한 주제에 대한 이야기가 나왔다. 각자 어쩌다 그런 주제를 고르게 되었는지, 서로가 정한 주제가 얼마나 머리 아프고 막막한지를 이야기하기 시작했다(내가 주제로 후시딘을 고르게 된 건 우리 고양이 봄비가 할퀸 상처에 후시딘을 바르다 연락을 받았기 때문인데, 모든 작가들의 골칫덩이였다). 즐거운 대화였다.

"근데, 우리 핫펠트는 삼각김밥 먹어본 적 있어요?"

록담(북크루의 홍보 및 마케팅을 담당한다)이다. 그의 말에 악의는 1도 없었다고 확신한다. 그는 이 내면의 외향성을 꺼내어보려는 집단 내향인들 중에서(나 포함이다) 돋보이는 전형적인 외향인이었고, 낙천적인 분위기 메이커로서의 역할을 충실히 이행하고 있었다. 어딘가 토르같은 느낌이다.

"당연히 있죠."

웃으면서 대답했지만 어쩐지 민망했다. 삼각김밥이라는 주제에 안 그래도 골머리를 썩고 있던 참이었다. '너는 이 세계 사람이 아니잖아'라는 말로 들렸다. 반은 맞는 말이다. 나는 작가가 아니다. 책의 형식을 빌려 앨범 하나를 최근에 발표한 가수다. 그때부터 내 정신은 혼자만의 동굴로 들어가 과거를 헤집었다.

셸리와 묵돌은 러시아문학이라는 주제로 둘만의 전쟁을 시작했다. 일절 모르는 내 귀에는 거의 외계어 수준의 대화

308

였다. 유일하게 들어본 이름은 '도스토옙스키' 하나였고(이름만 익숙할 뿐이다) 둘의 입에서는 끊임없이 새로운 이름과 새로운 작품과 어떤 풍 같은 고급 어휘들이 나왔다. 나를 제외한 나머지는 그 대화에 조금씩 참여하고 있었고 나는 그저 양쪽을 번갈아 보며 이 대화가 끝나길 바랐다. 이건 마치 우주 천재 로켓(셸리)과 지구 천재 아이언맨(묵돌)의 기싸움 같은 것이었는데 아무래도 러시아문학을 전공한 셸리 쪽이 좀 더 우세해 보였다. 묵돌은 정말 아이언맨 같았다. 젊고 자신감 있고 해박한 동시에 그의 책『역마』의 표지에 실린 그림처럼 자유로운 영혼이었다. 다시 한번 느꼈다. 나는 이 세계 사람이 아니다.

그렇게 게임이 시작되었다.

우리의 첫 미션은 '언젠가, 고양이'였고 마침 몇 달 전부터 고양이를 키우게 된 나는 내가 만난 고양이를 주제로 일기 비슷한 글을 써냈다. 내가 고작 우리 집 앞마당에서 일어난 이야기를 세세하게 적고 있을 때 이묵돌 작가는 종교와 철학과 과학을 가져와 인간의 본질과 영혼에 대해 논했다. 그것도 아주 자연스럽고 편안하게. 고양이에게 "그렇게 쉽게 겁먹고 도망칠 거였다면 왜 세상까지 나왔느냐고. 부모 품속에 파묻혀서 그저 따뜻하게 살다가, 아무 것도 모른 채 있던 곳으로 돌아가면 그만 아니냐고" 코웃음을 쳤다는 그의 말에 순간 울컥해졌다. 시니컬한 척은 다 하지만 남을 돕지 않고는 살지 못하는 아이언맨이 글을 쓴다면 분명 이묵돌 작가의 것과 비슷할 것이다.

두 번째 미션은 '언젠가, 삼각김밥'. 삼각김밥이라면 다들 눈물 젖은 이야기가 나오는 게 아닌가 하는 나의 뻔한 예상에 허를 찌른 것은 박종현 작가이다. 그는 삼각김밥을 가져와 영양소를 분석하며 '유토피아와 디스토피아'에 대해 논하고 동시에 20대 남자들의 동질감을 얻어냈다. 솔직히 나는 지난번 식사 자리에서 박종현 작가의 얼굴을 잊어버렸다(워낙 안면인식장애가 있다). 차분한 그의 이면에는 헐크가 살고 있는 게 분명하다. 「고양이 부루마불」, 「고추장불고기 삼각김밥과 미래 사회」처럼 전혀 예상치 못한 무언가를 감각적인 형태로 엮어낸다. 계속해서 그가 써낼 다음 글이 궁금해졌다.

아무도 가본 적 없는 '북극'에 대한 세 번째 미션에서는 모두가 새로운 시도를 했다. 이묵돌 작가는 친구와의 대화 끝에 만든 소설을 첨부했고, 박종현 작가는 음악과 함께하는 새로운 형태의 글을 제시했으며, 김겨울 작가는 처음으로 SF 소설을 발표했고, 나 또한 에세이가 아닌 시의 형태를 빌렸다. 어벤져스 시리즈로 비유한다면 이번 주제는 〈어벤져스 1〉일 것이다. 각자 동원할 수 있는 모든 무기를 동원해 최선을 다해 싸웠다. 가장 다채로웠던 주제가 아닐까 한다.

모두가 새로운 무기를 장착하는 동안 결을 지키는 이 가 있었다. 히든 작가 제리다. 그의 글들은 따로 묶어서 책을 내게 된다 해도 전혀 손색이 없을 정도로 유기적이고 안정적 이다. 주제에 휩쓸리지 않는다. 시적이고 아름다운 문장들이 원래 그랬다는 듯 그 자리에 놓여 있다. 네 번째 주제 '망한 원 고'에 이르러서야 그가 가진 색깔이 어떻게 완성될 수 있었는 지 조금 알게 되었다. "창살에 부딪히는 신음이 때론 새보다 더 멀리 날 수 있다". 그의 글에서 내가 느끼는 정교함은 시간, 장인의 시간이었다. 완벽한 형태의 도자기를 볼 때, 그림을 볼 때, 김연아 선수의 경기를 볼 때 우리가 느끼는 것은 그 자체 의 아름다움이기도 하지만 그 정교함을 이뤄내기까지 짐작조차 어려운 수많은 시간이다. 그 시간이 우리를 감탄하게 한다. 그는 닥터 스트레인지다. 끝없는 인내와 고통 속에 어떠한 경지에 다다른 것이다.

시간이 흐르며 깨닫게 된 것은, 우리들이 참 비슷하다는 것이었다. 다섯 번째 주제 '후시딘'에서 김겨울 작가는 멍이 잘 들고 인지하지 못하는 습관(?)을 얘기했는데 나 또한 그렇다. 멍이 든 것도 모르고 까져서 피가 나는 것도 모를 때가 허다하다. 더욱이 놀랐던 건 김겨울 작가가 춤을 췄었다는 것이다. 작가라는 직업 때문인지 춤을 췄을 거라는 건 전혀 예상하지 못했다. 나 또한 고등학교 댄스 동아리 출신이고 당시엔 모든 안무를 내가 짰었다. 비교적 최근에 맹장 수술을 한 것도 그렇다. 이묵돌 작가는 "만병통치약에도 내성은 생기고" 더이상 엄마와 연락하지 않는다고 했다. 나 역시 아버지라는 사람과 연을 끊었다. 박종현 작가는 타지에서 겪는 설움에 대해 이야기했고 나 역시도 뉴욕에서 베개를 적시고 자는 일이 많았다. 「어느점」에서 엄마와 싸우면서도 악착같이 음악을 해나가던 소녀 김겨울에게서 나를 보았고, 「눈 속에서」에서 스무 살이 넘어 처음 스키장을 가본 소년 이묵돌에게서 나를 보았다. 삶은 각양각색을 띠면서도, 어느 순간은 또 비슷한 모양새를 띤다.

함께하는 작가들에게 동질감을 느끼며 애정을 키워갈 무렵, 나에게 2차 위기가 닥쳤다. 다음 주제 선정이었다. 1차적으로 독자들이 보내준 주제들 중에 다섯 작가의 투표로 두 개의 주제를 골라내는 것이었는데 나에게는 온통 지뢰밭이었다.

"지하철도 안 타고 아르바이트도 안 해봤고 게임도 안 하는데… 이것 참… 곤란하군요."

나는 원래 뭘 부탁하거나 하는 사람이 아니다. 정말이다. 무슨 대단한 연예인이라고 지하철을 안 타냐고 손가락질을 하든, 아르바이트도 안 해봤냐고 비웃든, 살면서 게임 한두 개도 안 해봤냐고 의아해하든 간에 어쩔 수 없다. 변명으로 글을 채우고 싶진 않으니 카톡으로라도 미리 청탁(?)을 해보는 것이다. 제발 이 주제들은 피해주십사 하고. 말을 마치기도 전에 제리 작가가 지하철과 전생에 투표했다.

"헐… 몰랐어요….” 제리는 정말 몰랐을 거다. 짓궂은 사람은 아니다.

"정면 돌파 해보지요… 하하하.” 이판사판 센 척을 해보기로 했다. 나도 지하철, 전생, 자유, 마스크, 침대에 투표했다. 다들 현명한 선택(?)을 해주길 기대하며.

결과는 지하철, 그리고 게임. 지하철에는 무려 네 표(김겨울 작가를 제외하고)가 모였고, 게임에는 세 표(겨울, 묵돌, 종현)가 모였다. 내가 지하철을 선택하지 않았어도 결과는 같다. 나의 청탁은 누구의 관심도 받지 못한 채 안드로메다로 날아갔다. 와, 해보자는 건가? 게임 온이다. 사실 아르바이트가 아닌 것만도 다행이다. 지하철은 뉴욕에서 많이 탔으니까 어떻게든 해볼 수 있을 것 같고, 게임은… 뭐 방탈출 게임이라든가, 루미큐브라든가…. 어쨌든 갖다 붙이면 될 일이다. 아르바이트는 정말로 도리가 없다.

그렇게 시작된 일곱 번째 주제, ‘언젠가, 지하철’은 〈캡틴 아메리카: 시빌 워〉에 비유할 수 있다. 시빌 워에서는 캡틴 아메리카파와 아이언맨파가 나뉘어 어벤져스 내 전쟁을 한다. 굳이 나누면 한쪽에 지하철파인 묵돌, 제리, 종현 작가가 있고 다른 쪽에 버스파인 김겨울 작가와 내가(사실 둘 다 아니지만) 있다. 이묵돌 작가가 출근길 인파로 가득한 연두색 2호선 무기를 꺼냈다. 강하다. 제리 작가가 오늘의 운세를 읽으며 혼낼 연습을 하는 대학원생의 모습으로, 늘 늦게 오던 경의중앙선으로 투 스트라이크를 날렸다. 역시나 강하다. 그들은 지하철을 선택할 이유와 자신감이 있었다. 뉴욕의 지하철을 가져와 반격을 해봤지만, 어쩐지 몸집 커진 앤트맨처럼 둔탁했다. 백업이 필요하다. '버스파'라는 파격적인 제목으로 김겨울 작가가 나를 도우러 왔다. 지하철역이 없는 동네도 있다고요. 밖이 보이지 않는 어두침침한 지하철보단 지나가는 사람들, 햇빛, 비둘기를 볼 수 있는 버스가 훨씬 좋지 않나요? 강력한 한방이다. 속으로 '김겨울! 김겨울!' 하고 외쳤다. 전쟁이 막바지에 다다르고 마지막 선수인 박종현 작가가 등장했다. 무려 '서울 팩맨'으로. 10년 넘게 서울에서 지하철을 타고 있는데 '클리어' 혹은 '레벨 업'을 했다는 기분은 좀처럼 들지 않는다는, 여전히 서울은 크고 나는 너무 작다는 그의 말은 평화 협정처럼 느껴졌다. 우리 모두는 각자의 인생을 살고 있을 뿐이다. 주어진 과자 조각을 먹어치워 가며.

어느덧 8주 차. 어벤져스로 말할 것 같으면 '인피니티 워' 단계에 다다랐다. 셸리가 선정한 주제는 '언젠가, 버리고 싶은 것'. 참으로 요망한 생물이 아닐 수 없다. 너의 가장 약한 모습을 꺼내라는 말이다. 네가 감추고 있는 건 무엇인지, 너를 지탱하고 있는 건 무엇인지, 가장 밑에 있는 것을 꺼내 보이라는 말이다. 셸리는 분명 우리가 그저 오래된 옷가지나 고장 난 핸드폰 같은 것을 쓸 거라 생각하는 건 아니다. 가장 버리고 싶은 너의 모습, 그럼에도 버리지 못하는 너 자신은 누구냐고 묻는 것이다. 주제를 보는 순간 가장 먼저 떠오른 것은 '나'였고 그건 나뿐만이 아니었다.

"요컨대 나는 나를 갖다 버리고 싶었다."

김겨울 작가의 말이다. 그는 긍정적이고 단단하고 희망적인 사람이다. 나는 오만하게도, '어리구나' 하고 생각했던 적이 있었다. 나도 한때는 그랬지, 하는 꼰대적 발상. 한두 살 차이인데도 말이다. 20대의 나를 본 사람들과 지금 30대의 나를 본 사람들은 나를 전혀 다르게 받아들인다. 불과 한 3년의 시간이 나를 찌들게 했고, 무뎌지게 했고, 희망과 긍정적 에너지와 따스함을 다 앗아가버렸다. 그게 어른이 된 거라고 생각하던 참이었다. 그가 겪었던 불안의 시간, 머리 위로 쓰레기봉투 꽁지를 묶는 것만 같던 나날들 역시 내가 겪은 시간과 다르지 않을 것이다. 다만 나는 넘어져 있기를 택했고 김겨울 작가는 다시 일어나 움직이기를 택한 것뿐이다. 찬물을 마시고, 몸을 풀고, 튼튼한 글을 읽으며 조금씩 단단해진 것이다. 나는 그가 '스파이더맨' 같다고 생각한다. 재치 있고 겸손하며 매 순간의 일상을 소중히 여기는 그런 사람. 마흔이 되고 쉰이 되어도 언제나처럼 순수할 사람. 2주씩은 쓰레기를 묵혀두는 나는 「평형이거나 욕심이거나」를 읽으며 창피해졌다.

이제 마지막이다. 비록 첫 만남 이후에 두 번째 만남은 없었지만, 매일 한 사람을 만나온 것 같다. 어쩌면 우리는 대화로 알 수 있는 것보다 훨씬 더 많은 것들을 공유했다. 직접 고르지 않은 주제가 준 뜻밖의 선물이다. 원치 않는 주제를 맞닥뜨리는 것도 벅찼고, 매일 오는 메일도 가끔은 귀찮았지만, 더는 기다려지는 메일이 없다는 것이 어딘가 서글퍼진다. 빽빽한 광고 글 속에 한 줄 빛나던 셸리의 편지가 없다는 것. 친구를 하나 잃는 기분이다. 시작이 있다면 끝도 있는 법이니까,

또 끝은 새로운 시작이 되니까 너무 슬퍼하진 않겠다.

한참 전쟁 중에 아이언맨은 닥터 스트레인지에게 묻는다. 우리가 이기는 1400만 번 중의 단 한 번. 그게 지금이냐고. 나도 셸리에게 묻고 싶어진다. 이 글은 과연 엔드게임에 걸맞은, 성공한 글인지, 우리의 전쟁은 승리했는지 말이다. 뭐, 상관없다. 우리는 계속 싸울 거고, 이길 때까지 싸울 거니까. 한 게임에 진다고 우리가 지는 건 아니다.

제리 작가는 말했다. "사랑하면 사랑한다고 말해야지." 낯간지럽지만 말해야 할 것 같다.

사랑합니다.
3000만큼.

∞ 핫펠트_마지막입니다. 이대로 끝난다는 게 너무 아쉬워서 그동안의 모든 글들을 읽고, 또 읽고, 그렇게 마지막 글을 썼습니다. 함께해주신 모든 분들께 진심으로 감사드립니다. 여러분들에게도 제가 느낀 만큼 특별한 경험이었길 바라요. 모두 행복하시고, 늘 건강하세요. 우리 또 만나요. 3000만큼 사랑합니다.

5인 5색 연작 에세이 〈책장위고양이〉 2집

사랑하면 사랑한다고 말해야지

초판 1쇄 발행 2020년 10월 26일

지은이 김겨울 박종현 이묵돌 제리 핫펠트
기획 북크루

발행인 이재진 **단행본사업본부장** 신동해
편집장 김수현 **책임편집** 윤지윤 **교정교열** 고나리
마케팅 이현은 최혜진 **홍보** 최새롬 최지은
디자인 즐거운생활 **제작** 정석훈

브랜드 웅진지식하우스
주소 경기도 파주시 회동길 20
주문전화 02-3670-1595 **팩스** 031-949-0817
문의전화 031-956-7356(편집) 031-956-7567(마케팅)
홈페이지 www.wjbooks.co.kr
페이스북 www.facebook.com/wjbook
포스트 post.naver.com/wj_booking

발행처 ㈜웅진씽크빅
출판신고 1980년 3월 29일 제406-2007-000046호

ⓒ 김겨울, 박종현, 이묵돌, 제리, 핫펠트, 2020

ISBN 978-89-01-24536-2 04810
     978-89-01-24327-6 (세트)

※ 이 도서의 국립중앙도서관 출판예정도서목록(CIP)은 서지정보유통지원시스템 홈페이지(http://seoji.nl.go.kr)와
   국가자료공동목록시스템(http://www.nl.go.kr/kolisnet)에서 이용하실 수 있습니다. (CIP2020041210)
※ 책값은 뒤표지에 있습니다.
※ 잘못된 책은 구입하신 곳에서 바꾸어드립니다.